Prueba de amor

Amanda Browning

SUPER ROMANCE

publicado por Harlequin

NOVELAS CON CORAZÓN

Editado por HARLEQUIN IBÉRICA, S.A.
Hermosilla, 21
28001 Madrid

PRUEBA DE AMOR, Nº 868 - 16.4.97
Título original: Seduced.
Publicada originalmente por Mills & Boon, Ltd., Londres.

I.S.B.N.: 84-396-5523-1
Depósito legal: B-3585-1997
Editor responsable: M. T. Villar
Diseño cubierta: María J. Velasco Juez
Composición: M.T., S.A.
Avda. Filipinas, 48. 28003 Madrid
Fotomecánica: PREIMPRESIÓN 2000
C/. Matilde Hernández, 34. 28019 Madrid
Impresión y encuadernación: LITOGRAFÍA ROSÉS, S.A.
C/. Progreso, 54-60. 08850 Gavá (Barcelona)

Distribuidor exclusivo para España: M.I.D.E.S.A.
Distribuidor para México: INTERMEX, S.A.
Distribuidores para Argentina: interior, BERTRAN, S.A. / Buenos
Aires y Gran Buenos Aires, VACCARO SÁNCHEZ y Cía, S.A.
Distribuidor para Chile: DISTRIBUIDORA ALFA, S.A.

Capítulo 1

MEGAN Terrell oyó que un coche se detenía en la explanada y dejó de estudiar los diseños de la única embarcación que construía en aquellos momentos lo que una vez había sido una empresa próspera. Siempre había sido normal que los vehículos aparcaran en el astillero Terrell pero, en la actualidad, tenían tendencia a llevar acreedores, no clientes potenciales.

Con una expresión contrariada, se preguntó si habría olvidado pagar alguna factura, pero estaba segura de que no. Mantenerse al tanto de sus deudas estaba a punto de volverla paranoica, por eso sabía lo que tenía que haber pagado el día anterior y lo que podía esperar un poco más. A menos que Daniel... Tensa, evitó aquella idea. «No busques más problemas de los que tienes», había dicho su padre siempre y eso era doblemente válido ahora que tenía más que suficientes.

—Parece que tenemos visita. ¿Esperas a alguien, Ted? —preguntó al hombre que estaba a su lado.

Ted Powell era el genio que convertía sus diseños en los barcos impecables que habían hecho famoso el astillero. Había llegado a tener una docena de hombres trabajando para él, ahora sólo tenía dos. Era una lástima. Sin embargo, ella se negaba a perder las esperanzas.

Ted hizo un gesto negativo.

—No que yo recuerde. Puede que el alemán haya cambiado de opinión. Era un barco hermoso, Megan. De lo mejor que has hecho —dijo, y suspiró.

Sí era hermoso y el pedido valía su peso en oro.

Sólo que no habían podido contratar más mano de obra y el alemán no quiso esperar. La cancelación había sido un golpe demoledor. Sinceramente, ella había esperado que ese encargo les sacara a flote.

Megan meneó la cabeza lentamente, no quería aferrarse a una falsa esperanza.

—Se puso muy pesado —dijo, haciendo un gesto de extrañeza al oír la puerta del coche—. Será mejor que vaya a ver quién es. Nunca se sabe. ¡Quizá sea alguien que quiere construir una flota! —bromeó amargamente antes de salir.

Mientras se acercaba a la puerta, dio gracias al cielo por conservar el sentido del humor. Era fundamental en aquellos días de recesión, cuando los barcos eran un lujo del que la mayoría de la gente había decidido prescindir. Sin embargo, por si a alguien le había tocado la lotería y quería compartir su buena fortuna con el astillero, se obligó a poner una sonrisa de bienvenida. Nada más ver al visitante, las cejas se arquearon y la sonrisa se convirtió en un gesto de sorpresa. ¡Lucas! Estaba apoyado contra la aleta del coche, vestido con una camisa de seda de las caras y unos pantalones de sport, sin duda se trataba de Lucas Canfield.

Hacía ocho años que no lo veía en persona, pero al darle su imperio electrónico un estatus de millonario, con un físico capaz de provocar la envidia de una estrella de cine y con su foto en los periódicos cada dos por tres, se había convertido en un personaje famoso. Como un detergente líquido, aunque no tan limpio. Siempre se había vanagloriado de su conquistas con el sexo opuesto. El fenómeno Canfield había sido un objetivo tentador para Megan hasta que él había salido de su órbita.

Megan se daba cuenta de qué veían en él las mujeres. Era guapo como la tentación misma, moreno y seductor. También era esquivo, como todas descubrían demasiado tarde. Lucas era como un colibrí, revoloteando siempre de una mujer a otra, demorándose un momento antes de buscar el próximo desconocido y quizá más apetitoso bocado. Ella lo había descubierto a los dieciocho. El tenía siete años más. Ahora, Lucas tenía treinta y tres, y nada había cambiado. En aquel momento, tenía sus piernas largas y musculosas cruzadas a la altura de los tobillos y los brazos sobre el pecho fuerte, de un modo característicamente suyo. Hacía mucho tiempo que ella había perdido la cuenta de las veces que le había dicho que se enderezara cuando le veía tan relajado.

A los dieciséis años, se había autoimpuesto la tarea de mejorarle, de salvarle de él mismo. Sus gritos podían haber sido los de una muda, por el caso que le hacía. Si Megan se enfadaba, él se reía y se burlaba de las ideas románticas que tenía sobre el amor y el matrimonio. El problema era que nadie podía estar enfadado mucho tiempo con él. Al final, Megan había abandonado y optado por una confrontación constante, para que él nunca pudiera olvidar que al menos una mujer no se dejaba impresionar.

Sin embargo, admitía que ahora estaba impresionada, Lucas tenía un aspecto sano y bronceado, tan vital que parecía electrificar el aire a su alrededor. Su cara de rasgos duros y seductores no acusaba el paso del tiempo y todavía conservaba aquel pelo sorprendentemente negro. Y luego estaban sus ojos. Ojos inolvidables, de un azul tan intenso que cualquier mujer se ahogaba en ellos con facilidad. Muchas habían sucumbido, la lista era interminable. Y todo sin el menor esfuerzo por su parte. ¡Ah, sí! Seguía siendo Lucas, tan viril como siempre.

Una risa femenina la distrajo de su contemplación y contuvo el aliento al ver aparecer contoneándose una rubia de piernas largas que se pegó a él como una lapa mientras que Lucas le sonreía de una manera que Megan sólo pudo describir como lasciva. Mientras ella seguía mirando, Lucas bajó la cabeza para besar unos labios que lo invitaban anhelantes.

Megan sintió que su sonrisa se desvanecía. Un chispazo de rabia surgió en su interior, pero ella lo ignoró de inmediato al tiempo que hacía una mueca. Se recordó que no debía sorprenderse, sobre todo cuando había estado pensando que él era un play-boy. Su foto salía siempre en las páginas de sociedad, y nunca solo. Se había fotografiado con las mujeres más hermosas del mundo. No se explicaba cómo sacaba tiempo para ganar dinero, pero lo ganaba, porque era tan conocido por sus actividades empresariales como por las de carácter más personal.

—¿Cuánto más tenemos que esperar? Es evidente que no hay nadie y yo me muero de hambre. Lucas, cariñín, no olvides que has prometido invitarme a comer —ronroneó la rubia haciendo pucheros.

A Megan le dio la impresión de que la comida era lo que menos le preocupaba. Con todo, la intervención le recordó que no podía esconderse para siempre. Además, existía la posibilidad de que Lucas la descubriera y le dijera algo que le escociera en los oídos. Su relación siempre había sido tormentosa, una especie de guerra privada en la que utilizaban cualquier arma que tuvieran a mano, normalmente verbal. La verdad era que ella disfrutaba con aquellas peleas, aunque salía perdiendo, y en esos momentos se daba cuenta de lo mucho que las echaba de menos. Quizá por eso su corazón latió un poco más rápidamente mientras se preparaba para salir porque preveía un reencuentro de lo más candente.

Una ligera sonrisa curvó sus labios. Lucas fue el primero en verla cuando salió al sol. Se puso derecho en seguida, procediendo a una inspección descarada de su persona. Para su sorpresa, Megan la sintió como una lengua de fuego sobre su piel, pero antes de que pudiera explicarse lo que significaba, él sonrió con un brillo en sus ojos profundos que, en cierto modo, anunciaba alguna clase de picardía. Megan se echó a reír, meneando la cabeza sin poder evitarlo. Lucas no había cambiado.

—Hola, forastero —dijo ella, alegrándose de verlo, aunque tampoco pretendía halagarle.

—Vaya, vaya, vaya. Pero si es la pequeña Megan que por fin ha crecido.

Megan le lanzó una de sus viejas miradas.

—Ya había crecido la última vez que nos vimos —respondió ella secamente.

—¡Ah! Pero entonces sólo eras la promesa de la belleza en que te has convertido —contraatacó él.

Para su asombro, Megan sintió que sus mejillas enrojecían con aquel cumplido exagerado. Se dijo que aquella reacción sólo se debía a que no esperaba aquella amabilidad. Insultos sí, halagos no.

—Déjalo, Lucas. Me vas a marear —le reprendió ella con una sonrisa.

La sonrisa de Megan desapareció cuando vio a su hermano salir de la oficina. No tenía que estar allí. Hacía unos días que se había ido al norte con sus amigos para asistir a unas carreras de caballos. Sintió unos escalofríos que helaron su médula cuando computó las posibles razones que había para la presencia de Daniel. La lógica hubiera sido que también era propietario del astillero, pero la lógica no tenía nada que ver con su comportamiento en los últimos tiempos. Fue la alternativa desagradable lo que le revolvió el estómago. ¡Si había vuelto tan pronto era porque se había quedado sin dinero! Lo único que le faltaba, además de haber perdido el encargo del alemán, era una discusión.

—¡Santo Dios, Lucas!

La exclamación sorprendida de Daniel cuando reconoció al visitante resonó en la explanada. Megan se contuvo de preguntar lo que había pasado. Lucas era amigo de Daniel desde el colegio, cuando Lucas, dos años mayor, le había tenido bajo su protección para que no tuviera problemas. Era un vínculo que nunca habían roto y ella no podía ponerlo en peligro con una discusión agria. Tendría que esperar hasta que se quedaran solos. Lucas se separó de la rubia y se acercó a su amigo con una expresión divertida.

—Ni que hubieras visto un fantasma. ¿Tanto te disgusta verme?

Ignorando a su hermana, Daniel sonrió y le dio la mano al hombre que de niño había adorado como a un héroe.

—¡Demonios, no! Me alegro de verte, Lucas, ¡condenado!

Megan los observó mientras se daban las palmadas típicas de los saludos entre amigos, deseando, y no por primera vez, que Lucas no se hubiera marchado. Siempre había sido una buena influencia para su hermano. A ella le habría venido bien durante aquellos meses en que Daniel se había convertido en un barco sin timón, a merced de cualquier capricho de la marea o del viento, lo único que le faltaba con la recesión amenazando el negocio. Porque ella necesitaba el astillero Terrell. Era su ancla, su rumbo, y Daniel lo estaba dirigiendo directamente hacia las rocas.

—¿Por qué has tardado tanto en volver? —preguntó Daniel, metiendo las manos en los bolsillos traseros de su pantalón—. ¿Perdiste nuestra dirección?

Lucas aceptó la crítica con una sonrisa irónica.

—No tendría que haber tardado tanto, pero yo también me alegro de verte, Dan. Y de estar en este sitio —dijo contemplando el sitio que tan bien había conocido de muchacho—. Tengo que admitir que no estaba seguro de encontraros aquí. Muchas buenas empresas se han ido a pique estos últimos años.

Daniel soltó una risotada nerviosa y se pasó la mano por el pelo. De nuevo evitó mirar a Megan.

—Nosotros no, gracias a Dios. Estamos en la cresta de la ola. ¡Las cosas no podrían ir mejor!

Megan torció los labios amargamente al oírle. Tampoco le sorprendía. Daniel no deseaba que su ídolo supiera la terrible verdad. Lucas asintió.

—Así me gusta, aunque no me hubiera asombrado que la situación fuera mala.

Megan contuvo el aliento, preguntándose cómo iba a responder su hermano a aquel comentario. Riendo para quitarle importancia, Daniel evitó la mirada de su amigo.

—Supongo que hemos tenido suerte —dijo, volviéndose al cabo hacia Megan—. Oye, hermana. ¡No es estupendo! Casi me da algo al verlo —exclamó con una risa incómoda.

Megan pensó ácidamente que hacía bien en sentirse incómodo. Daniel esperaba que la llegada de Lucas la distrajera de su aparición inesperada. Ella podría haberse callado, si no hubiera visto el rubor de sus mejillas y reconocido su causa. Hacía varios meses que Daniel había empezado a beber y ella no había podido impedirlo. Era otro conflicto más entre ellos.

—Creía que estabas en Nueva York —optó por decir al final, aunque la rabia sonrojó sus mejillas.

—¡Ahora no, por el amor de Dios, Meg! —respondió Dan, furioso.

Megan se dio cuenta de que sus suposiciones eran acertadas. Por suerte para él, ella no tenía intención de airear los trapos sucios en público, pero era algo que no dejaría pasar.

—Bien, ya que has vuelto, Ted necesita que le ayudes. Es importante, Daniel —insistió Megan cuando vio que él iba a protestar—. Estoy segura de que Lucas y su amiga te disculparán unos minutos.

Todavía sonrojado, Daniel dejó escapar una risa falsa volviéndose hacia Lucas.

—Lo siento, ya sabes cómo es. Este sitio se iría al garete sin mí. Luego nos veremos —prometió él antes de ir a los cobertizos.

Lo que dejó a Megan sola frente a Lucas y su amiga. Habló para la rubia.

—Espero que nos perdone por reñir delante de usted,

pero me temo que es el astillero lo que le pone así —se disculpó, pero recibió una sonrisa fría y distante.

—No importa —dijo la rubia, aburrida—. Lucas, cariño. Te espero en el coche. No tardes. Tenemos una cita, ¿recuerdas?

Volvió a mirar con desdén a Megan y los dejó. Más divertida que fastidiada, Megan la siguió con la mirada.

—Yo de ti iría con cuidado, Lucas. ¡Parece que te considera de su propiedad!

Lucas sonreía, pero había algo en el fondo de sus ojos que ella no pudo identificar.

—Siempre tengo cuidado con las mujeres.

Lucas era como una constante universal, inmutable a través de los tiempos.

—No has cambiado nada, ¿verdad?

—Al contrario que tú. Pareces muy sofisticada ahora, Pelirroja. Muy fría y segura de ti misma.

Lucas era el único que la había llamado así. De adolescente le molestaba, pero descubrió que ahora sonaba completamente distinto. Sintió un escalofrío a lo largo de la espina dorsal y, de repente, se sintió acalorada.

—Trabajo en un medio predominantemente masculino, a mi carrera no le haría ningún bien que me vieran como una mujer emocional —respondió, con la esperanza de que él no se diera cuenta de lo agitado de su respiración.

La única reacción evidente de él fue arquear una ceja.

—Me sorprende que sigas aquí. Pensaba que te habrías casado hace mucho.

Sí, claro que lo pensaba, pero habían sucedido muchas cosas desde que él se había ido. No podía saber el daño que le hacía aquel comentario. Megan tuvo apretar los dientes antes de echarse a reír y representar el papel que le habían adjudicado.

—¿Qué? ¿Rendirme yo a un hombre? ¡Tú estás de broma! —era pura palabrería, unas frases pulidas hasta la perfección tras años de ensayos—. Hace mucho tiempo que decidí que el matrimonio no era para mí y nada me ha hecho cambiar de opinión hasta ahora —añadió para asegurarse.

Al mirarlo, descubrió que, por una vez, le había sorprendido.

—No pareces la Megan que yo recordaba con su lírica trasnochada sobre hacer feliz a un hombre y tener una docena de hijos. Lo último que supe de ti era que estabas loca por Chris Baxter. ¿Qué fue de él?

Megan se quedó perpleja con aquella pregunta, había olvidado que Lucas se había ido antes de que ella rompiera con Chris. Megan le había hecho daño. La única excusa que tenía para explicar su falta de sutileza era su juventud. Años más tarde, le pidió disculpas a Chris y él la perdonó, pero ya nunca volvieron a ser amigos.

—Nos separamos —dijo ella, como si no tuviera importancia—. No fue algo que le arruinara la vida. Ahora está casado y tiene dos hijos.

—Eso niños podrían haber sido tuyos.

Megan tuvo que bajar la vista, fingiendo que se quitaba una imaginaria mota de polvo de su blusa antes de recuperarse lo suficiente como para mirarlo directamente a los ojos.

—No. No soy una mujer maternal. Los niños serían una carga en mi vida y me gusta tal como está.

Pensó que un día incluso acabaría creyéndoselo ella misma. Lucas frunció el ceño y meneó la cabeza.

—De modo que ahora eres una mujer de negocios, ¿eh?

La sonrisa de Megan era demasiado resplandeciente.

—En cuerpo y alma. He dejado atrás esas fantasías infantiles. Ya no busco el hombre perfecto, como tú tampoco buscas una mujer determinada —respondió ella, sintiendo que volvía a pisar terreno seguro.

—¿Quién dice que no la busco? —dijo él, sonriendo—. Sólo que todavía no la he encontrado.

—¿Estás diciendo que cambiarías de vida sólo por una mujer? —preguntó ella, escéptica.

—Así —dijo él chasqueando los dedos—. Ha sido una búsqueda más larga de lo que yo esperaba.

—Claro, y no has encontrado ninguna razón para no entretenerte mientras tanto —se burló ella. Sin embargo, tuvo que luchar con una emoción extraña que se aferraba a su estómago—. Ya decía yo que se te veía un poco hastiado. Quizá deberías bajar el ritmo. Tampoco eres tan joven, Lucas —acabó, sarcástica.

—¿De dónde has sacado la idea de que soy una especie de supersemental? —dijo Lucas, echándose a reír, una risa plena que despertó los sentidos de Megan.

Megan tuvo que tomar aliento. De repente, se daba cuenta de que estaba respondiendo sexualmente a un viejo amigo, un hombre viril, sin embargo, cuyo magnetismo era irresistible. Porque, hasta donde ella podía recordar, Lucas había sido simplemente un amigo. Ahora su cerebro tenía que efectuar un reajuste rápido para adaptarse a la nueva idea, aunque sus sentidos iban muy por delante.

—Seguramente porque cambias de chica tan a menudo como de calcetines —dijo, contenta de haber aprendido a ocultar sus sentimientos, de otro modo Lucas hubiera tenido un día de fiesta a su costa.

—Lees demasiados periódicos, pero me parece interesante que te molestes en enterarte de lo que se dice de mí.

—Siempre he tenido debilidad por las historias de horror.

—Un día de estos, alguien te dará unos azotes bien merecidos —gruñó él mientras ella volvía a reír.

—¿No vas a reservarte ese placer para ti mismo?

—Créeme, lo haría si no supiera que Dan me arrancaría la piel a tiras.

Megan hizo una mueca, sabiendo que Daniel sería más proclive a echarle una mano.

—Para eso están los hermanos —dijo mientras veía con el rabillo del ojo la cara de fastidio de la rubia—. Me parece que tu amiga está un poco aburrida —dijo.

Lucas apartó la vista de sus ojos guasones y contempló a su acompañante.

—Tienes razón, será mejor que vaya a tranquilizar a esa gatita. Dile a Dan que volveré en cuanto me haya instalado en un hotel.

Megan estaba sorprendida. Había dado por supuesto que aquélla era una visita relámpago.

—¿Te vas a quedar mucho tiempo?

La sonrisa de Lucas mostró sus dientes blancos.

—Una temporada. ¿Crees que podrás soportarme?

—En pequeñas dosis, incluso me gustas —admitió ella—. Está sonando el teléfono. Lo siento, tengo que dejarte.

Echó a andar apresuradamente despidiéndose con la mano. En la oficina, Megan corrió al escritorio y descolgó el teléfono.

—Hola.

La voz era conocida. Megan sufrió una decepción, había pensado que podía tratarse de aquel condenado alemán.

—¡Ah, Mark! Eres tú —dijo ella, poco amable.

Megan se apoyó en el borde de la mesa. Pero, al hacerlo, se volvió hacia la ventana y pudo ver que Lucas y la rubia se besaban apasionadamente. De pie, junto al coche, indiferentes a quien pudiera verlos, la rubia parecía querer comérselo vivo y él no daba muestras de que le importara. Unos segundos después, se marcharon.

Megan experimentó una curiosa mezcla de emociones. La verdad era que no le importaba a quién besara, pero ver a la rubia pegándose a Lucas como una lapa la había puesto furiosa con él. Algo totalmente ridículo en aquellas circunstancias. Dios, aquél era Lucas. El play-boy de Europa, el...

—¡Hola! ¿Megan, estás ahí?

Mortificada, se dio cuenta de que Mark todavía estaba al otro lado de la línea.

—¡Cielos! Sí, sigo aquí, Mark. Lo siento, pero... me he distraído. ¿Querías algo?

—Sólo ver si sigue en pie lo de esta noche.

—Por supuesto. Estoy deseando que llegue la hora —respondió ella alegremente, aunque no era del todo verdad.

Llevaba un par de semanas saliendo con Mark y, aunque le gustaba, tenía el desagradable presentimiento de que iba a ser otro de sus errores. Él respondió con una risilla íntima.

—Bien. He escogido un sitio tranquilo y romántico donde podamos estar solos.

—¡Oh! ¡Hum! Eso suena maravilloso —mintió mientras se le caía el corazón a los pies.

Quizá se equivocara, pero no lo creía. Se dio cuenta de que tenía que seguir el juego.

—¿Adónde iremos?

Y pasó diez minutos oyendo cómo se confirmaban sus temores antes de que Mark colgara con la promesa de recogerla a las ocho y media. No iba a ser una velada agradable, pero no tenía manera de escabullirse. Debía salir con Mark.

Desanimada, fue al baño a refrescarse. Se hallaban en mitad de una ola de calor, y la humedad hacía que se sintiera incómoda y pegajosa. El agua fresca que se echó en la cara fue un alivio. Al final, con la toalla en las manos, dio un paso atrás para contemplarse en el espejo.

Lo que vio fue una mujer de veintiséis años, más alta que lo corriente, con un cuerpo de curvas generosas que vestía con unos vaqueros desgastados y una blusa blanca de seda. Sus cabellos pelirrojos y rebeldes enmarcaban una cara en forma de corazón cuyo rasgo más sobresaliente, según ella, eran un par de ojos verdes y rasgados. No alcanzaba a ver el encanto de una nariz ligeramente respingona y unos labios llenos, pero los hombres parecían pensar lo contrario.

Una expresión preocupada ensombreció sus ojos. Megan se cepilló el pelo, el destino tenía un sentido del humor bastante negro. La naturaleza le había otorgado dones suficientes como para atraer a un compañero, la había dotado con todos los instintos femeninos necesarios para lograr ese objetivo y ella no había deseado otra cosa hasta que el destino intervino. Ahora, aunque le encantaba salir con hombres, ya no buscaba un marido. Mientras las amigas de su grupo se iban casando, ella seguía soltera.

La mayoría pensaba que por sus venas corría agua helada, pero se equivocaban. En una ocasión, tuvo una aventura, pero había sido un desastre. Había sido en la universidad, cuando más sola se sentía. Fue algo equivocado de principio a fin, que sólo había conseguido hacerles daño a los dos. Megan descubrió que la satisfacción sexual no podía sustituir al compromiso afectivo. Y, puesto que eso era todo lo que ella podía ofrecer, resolvió no ir por aquel camino nunca más.

Había desarrollado un sexto sentido para saber qué hombres querían más de lo que ella tenía para dar y los evitaba. Cometía errores de vez en cuando, pero los corregía deprisa y terminó ganándose una reputación de fría. No le importaba. No podía dar más de lo que tenía ni aceptar más de lo que merecía. Era el credo que había escogido para vivir. Y si, como sucedía algunas veces, se sentía atraída por un hombre, lo ignoraba y se enterraba en el trabajo hasta que la sensación desaparecía.

Su carrera se había convertido en todo para ella, en su familia, en su vida. Los astilleros Terrell eran conocidos en todo el mundo y su nombre era sinónimo de calidad e innovación. El orgullo que le proporcionaba su trabajo era la única satisfacción que ella necesitaba.

Una reafirmación que hizo brillar sus ojos. Dio la espalda al espejo y salió del baño.

En la oficina, contempló su mesa de dibujo, en un extremo de la habitación. Contuvo el impulso de juguetear con un diseño nuevo y se sentó frente a la mesa de despacho. Había demasiado papeleo atrasado como para mantenerla ocupada el resto del día.

Al principio, Daniel estaba tan interesado como ella en la marcha del astillero, pero ya casi no le veía encargarse del papeleo a menos que ella le obligara. No se trataba de que a Megan le importara trabajar, pero le preocupaba el cambio que se había producido en su hermano. No lograba explicárselo. Al principio de heredar, Daniel se había mostrado entusiasta, sin embargo en los últimos meses actuaba como si no pudiera soportar el astillero. No parecía preocuparse de otra cosa que de asistir a las carreras con sus últimos amigos.

Megan estaba cada vez más enfadada con él, desesperada porque Daniel se negaba a hablar de lo que pasaba. El problema era que él no entendía de caballos y perdía más de lo que se podían permitir. Si no tenía cuidado, también acabarían perdiendo el astillero. Tenía que hablar seriamente y pronto, si conseguía que se quedara lo suficiente.

No mucho después, su hermano entró en la oficina. Se dejó caer pesadamente en una silla y se frotó los ojos con una mano. Ella se negó a sentir lástima por él, aunque las arrugas y la palidez poco saludable de su cara la preocupaban. Sin quererlo, la imagen atlética de Lucas llenó su mente. No quería compararles, era injusto y no había forma humana de negar que Daniel era inferior a Lucas en cualquier aspecto. No era tan alto, ni tan musculoso y, aunque atractivo, tenía un aire vagamente débil.

Se inmediato se sintió desleal al pensar que Daniel no daba la talla, pero al mismo tiempo sirvió para recordarle que la lealtad era un bien escaso en aquellos momentos. Con gesto ceñudo, cruzó los brazos sobre el pecho, pero cuando habló, su voz sólo reflejó cansancio.

—¿Cuánto has perdido esta vez, Daniel?

Aunque no tenía por qué, la pregunta pareció pillarle desprevenido y provocar su ira. En los últimos tiempos, era corriente verle de mal humor.

—No más de lo que podía permitirme —dijo él, irritado, mirando a su alrededor—. ¿Por qué tienes que estar siempre encerrada en esta tumba? Te está convirtiendo en una verdadera arpía, Megan. No sé cómo puedes soportarlo.

Megan ignoró el comentario, sabiendo que se trataba de una táctica pata desviar su atención.

—Tendrías que dar gracias de que lo soporte, alguien tiene que ocuparse de que el astillero siga funcionando.Tú te has lavado las manos y sólo te ocupas de tus supuestos amigos.

Daniel se levantó de un salto y embutió las manos en los bolsillos del pantalón.

—¡Son amigos míos! —insistió, enfadado.

Megan suspiró.

—No es verdad, te están utilizando, ¿no te das cuenta?

Para ella estaba bien claro. Lo dejarían en la estacada en el momento en que se quedara sin dinero, lo que podía ser terriblemente pronto.

—¿Y tú? ¿No te das cuenta de que no soy tan estúpido como crees? Siempre estás quejándote. Nunca me has respetado, nunca has creído que yo sé lo que me hago.

La acusación sorprendió a Megan.

—¡Eso no es justo! Antes sí te respetaba.

—¿Antes? ¿Pasado?

A ella tampoco se le había escapado la expresión. Le dolía admitirlo, pero era algo que debía decir mientras existiera la posibilidad de que fuera para bien.

—¿Cómo quieres que te respete cuando te comportas

como un inconsciente? ¡Me tienes muy enfadada contigo!

—Ya me había dado cuenta —dijo él amargamente—. ¿Qué es lo que no apruebas exactamente? ¿Mi derecho a hacer lo que quiera con un dinero que me pertenece?

Por supuesto, Daniel tenía razón, pero ella hubiera traicionado su deber de no intentar hacerle entrar en razón.

—Sólo pensaba que...

—¿Me importa a mí lo que tú pienses? —la interrumpió él.

Megan se ruborizó y perdió los estribos.

—Lo sé. No te importa lo que piense nadie mientras que no te impidan divertirte —dijo ella desdeñosamente.

Daniel descargó el puño sobre el escritorio.

—¡Es mi vida, para bien o para mal! ¿Qué demonios te importa a ti cómo la viva?

Megan echó la silla hacia atrás y se puso de pie.

—Me importa porque eres mi hermano, Daniel, y me preocupo por lo que te pasa. Además, también se trata de mi medio de vida. Tengo que ver las consecuencias de tu comportamiento y me pongo enferma —replicó ella, alarmada por la violencia de la discusión, no era normal que Daniel le chillara.

Daniel estaba congestionado y furioso.

—¡También sacas una buena parte por las molestias!

Megan se puso pálida.

—¡Dios mío, Daniel! ¿Cómo te atreves a decirme eso? Trabajo como una esclava para mantener el negocio a flote y tú ni siquiera te dignas a echarme una mano.

Y encima, tampoco cobraba. Estaba viviendo de unos ahorros que menguaban rápidamente, lo que Daniel habría averiguado si se hubiera molestado en mirar las cuentas. Todavía no se lo había dicho, pero estaba cercano el día en que no tendría más remedio.

—Créeme, te lo agradezco —dijo él con desprecio.

—Mira, Daniel, el negocio no pude seguir soportando

tu estilo de vida. No puedes seguir jugando así con tu futuro —«y con el mío» añadió en silencio—. Estamos al límite. ¿Qué harás cuando no podamos más?

Si Megan pensaba que eso le haría reaccionar, se equivocaba.

—Entonces podrás decirme que ya me lo habías advertido —se burló él mientras le lanzaba una mirada acusadora—. ¿Qué has hecho con Lucas, también le has espantado?

Megan trató de dominarse.

—No, tenía que irse. Me ha pedido que te dijera que os veríais luego.

—¿Lucas siempre ha sido algo más que un amigo para ti, eh? —se mofó él—. Bien, ya que molesto aquí, vuelvo a casa —dijo desafiante.

Apartó de un empujón a un sorprendido Ted y salió de la oficina. Megan volvió a sentarse y descubrió que estaba temblando. Daniel siempre había sido un buen muchacho. Débil, sí, pero bueno. Que estuviera tan agresivo significaba que algo iba muy mal.

Ted volvió la cabeza de Daniel a ella y se la quedó mirando.

—¿A qué viene todo esto?

Megan suspiró y alzó las manos en un gesto de impotencia.

—Ni siquiera puedo hablar con él, se niega a escucharme.

—No anda en buena compañía —dijo Ted, quitándole importancia.

—Lo sé. Antes no era así. Esperaba que, si pudiéramos apartarle de esos buitres, cambiaría.

—Quizá. Te lo diré sin rodeos, Daniel es fácilmente influenciable. Tú haces lo que puedes, pero sólo eres su hermana. Necesita enfrentarse a alguien duro, alguien a quien respete y que no le permita tomar el camino más fácil.

Megan asintió.

—Por desgracia, gente así no crece en los árboles —dijo ella, abatida.

—No, pero sí tienen teléfono —dijo con una sonrisa que provocó el ceño de Megan.

—De acuerdo, explícate. ¿Adónde quieres llegar?

Ted meneó la cabeza, como si cuestionara su inteligencia.

—Me refiero a Lucas, por supuesto. Daniel me ha dicho quién era la visita. Se me ha ocurrido que él siempre ha sabido cómo tratar a tu hermano. Daniel le sigue admirando. ¿Por qué no le convences para que hable con él?

Los ojos de Megan se agrandaron. Ted tenía razón. Ella misma lo había pensado tan sólo un momento antes, pero...

—¿Cómo? Daniel nunca me perdonaría que le contara a Lucas lo que está pasando —dijo ella, viendo cómo una buena idea se iba al garete.

—El enfado de Daniel no durará mucho tiempo, pero cuando el astillero se hunda, será para siempre —dijo él bruscamente, poniéndole la mano sobre el hombro para que no fuera tan duro el golpe—. Piénsalo. Mientras, aquí tienes una lista de recambios, me han dicho que te la diera.

Megan no pudo evitar reírse mientras tomaba la lista.

—Sorpresa, sorpresa.

—¿Y bien? ¿Dónde está nuestro hombre? No he visto su coche ahí fuera.

—Se ha ido a un hotel. Hace un rato que se fue con su amiguita.

—¿Amiguita? —repitió Ted, mirándola fijamente.

Los labios de Megan se curvaron sonrientes.

—Una de tantas rubias. Es como las tarjetas de crédito, ¡nunca lo verás sin una!

—¡Y que lo digas! ¡Siempre ha tenido éxito con las mujeres! —dijo Ted riéndose mientras salía.

Megan apoyó la barbilla en la mano. Ted nunca había

dicho nada tan cierto, sobre todo en lo que se refería a la influencia que Lucas tenía sobre su hermano. O su hermanastro, para ser más exactos. Tenían el mismo padre, pero madres distintas. Y de ahí venía todo. La situación le había proporcionado a Daniel un derecho a derrochar por nacimiento, y a ella una herencia tan cruel que no había sitio para las lágrimas.

Sin embargo, el deber la llamaba. Suspiró, se inclinó sobre el libro de cuentas y, por segunda vez en el mismo día, el sonido de un coche la interrumpió. Sin embargo, esta vez lo reconoció y fue a la puerta.

Lucas salía del coche en aquel momento.

—¿Otra vez por aquí? —preguntó ella mientras Lucas sonreía y se ponía cómodo apoyando los brazos sobre el techo del coche.

—No quería perderme ni un solo minuto de tu compañía, Pelirroja.

—Menos mal que no puedes engañarme —respondió ella—. Si buscas a Daniel, se ha marchado.

Lucas alzó las cejas y consultó su reloj.

—¿Tan pronto?

Megan cruzó los brazos y se apoyó en la puerta.

—Cada dos por tres se da un descanso por buen comportamiento. Lo encontrarás en casa.

«Espero que durmiendo y no emborrachándose», agregó para sí.

—Gracias. ¿Vendrás luego?

Megan se imaginó lo que diría su hermano.

—Ya sabes, dos son compañía, tres multitud. Estaréis más cómodos sin mí. Tendréis mucho que contaros.

—¿No quieres enterarte de lo que he estado haciendo?

—¡Creo que ya tengo una idea bastante clara!

Lucas se echó a reír.

—Te equivocas. Lo sabes, pero quieres creer lo que has leído.

Y con otra de sus sonrisas deslumbrantes, que dejó a Megan clavada al suelo, subió al coche y se marchó.

Megan se echó a temblar, abrasada por un calor mucho más tórrido que el del sol. Aquella sonrisa debería estar registrada como arma letal. Cuando entró en la oficina, supo que tendría que hacer un esfuerzo hercúleo para concentrarse en algo tan prosaico como el trabajo. Se sentó en su despacho y empezó con una factura, ignorando valientemente unos ojos y una sonrisa que tenían un efecto de lo más extraño en ella.

Capítulo 2

ERA CERCA de medianoche cuando Mark paró el coche delante de la casa, dos casitas rehabilitadas en realidad, que Megan compartía con Daniel desde la muerte de su padre. Hacía una noche calurosa de verano y las ventanas del salón continuaban abiertas. Una luz tenue se filtraba por ellas. Megan deseó encontrarse en su casa y no en aquel deportivo descapotable buscando problemas.

Aquella cita había disparado todas sus alarmas desde el principio. Mark no sólo había elegido un restaurante apartado, sino que también le había regalado flores. Los recelos de Megan no habían tardado en confirmarse, quitándole el apetito. Aunque no hizo comentarios, sabía que Mark se tomaba su relación más en serio de lo que a ella le habría gustado y aquélla era su oportunidad de dar un paso adelante. Sin embargo, cuando la abrazó para besarla y darle las buenas noches fue con una pasión que ella no había advertido antes. Megan no se resistió, pero tampoco respondió.

—Megan, ¿pasa algo malo? —preguntó él, perplejo.

Megan cerró los ojos un momento y se abrazó así misma.

—Sí, creo que sí, Mark. Me gustas mucho, pero...

Dudó un momento porque le disgustaba hacerle daño. No tendría que haber llegado tan lejos. Por lo general, estaba atenta a los indicios y ponía fin a la relación antes de que diera lugar a malos entendidos. Sin embargo, últimamente había estado tan ocupada que se había equivocado por completo.

—¿Pero? —dijo Mark tenso.

Megan se dio cuenta de que aquello no la llevaba a ninguna parte y que tendría que ser directa.

—No quiero una aventura contigo.

Vio que él sonreía en aquella luz tenue y se sintió deprimida. Mark enredó los dedos en un pechón de su pelo con un gesto de ternura.

—Ya lo sé, cariño. Yo tampoco busco una aventura. ¡Ay, Megan! Creo que me estoy enamorando de ti —dijo él con un ronroneo mientras Megan sentía que sus entrañas se convertían en hielo.

Se pasó la lengua por los labios resecos y trató de ser dulce.

—No te enamores de mí, Mark. Perderás el tiempo.

—Deja que sea yo quien juzgue eso —dijo él.

Era obvio que pensaba que se estaba haciendo la difícil. Megan supo que las sutilezas no iban a funcionar. Se giró en el asiento de modo que el pelo le quedó libre y él tuvo que apartar la mano.

—Escúchame. Lo siento, pero no te quiero —dijo mirándolo a los ojos—. Mark, nunca te querré. Me gustas mucho y disfruto en tu compañía, pero no busco nada más. Quisiera seguir viéndote, aunque sólo si aceptas mis condiciones.

—¿Y si no las acepto?

—Entonces, esto es el adiós.

Megan sentía la rabia dirigida contra ella, algo desagradable brilló en sus ojos.

—¿Sabes? No lo creía. Intentaron advertirme, pero no les hice caso. Ahora me doy cuenta de que eres la zorra sin corazón que todos creen, ¿verdad?

Megan había oído cosas peores. De todos modos, acusó el golpe. Se recobró como pudo y lo miró fríamente.

—Entonces, consideraré que estás de acuerdo —dijo saliendo del coche—. Adiós, Mark. Siento que esto tenga que terminar así.

Mark arrancó ruidosamente, Megan apenas pudo escuchar sus palabras.

—Ha sido una equivocación mía. Creí que simplemente tenías miedo de comprometerte, pero me doy cuenta de que lo que te pasa es que no tienes nada que ofrecerle a un hombre. Me das lástima, pero supongo que me he librado de una buena.

Mientras las luces de posición se alejaban, Megan sintió lágrimas en los ojos. Se las secó, jamás volvería a sentirse culpable por dejar que alguien se hiciera ilusiones falsas. Sin embargo, aquellos episodios siempre la dejaban deprimida y dio gracias de que no sucedieran demasiado a menudo.

Con un suspiro, se volvió para entrar en casa y vio una sombra recortada en la ventana del salón. Frunció el ceño. No le hacía gracia la idea de que Daniel la hubiera oído, aunque se alegraba de que por una vez llegara a casa antes que ella.

Dejó el bolso en la consola y entró en el salón, se desperezó, se pasó una mano por el pelo y se quitó los zapatos.

—Vaya una sorpresa, Daniel...

No fue más lejos. El hombre que estaba en el salón no era su hermano, sino Lucas. Estaba de pie junto a la chimenea, con los brazos apoyados en la repisa, y la observaba divertido.

—Muy edificante —dijo él, confirmando sus sospechas—. ¿Siempre alejas a los pretendientes inoportunos con tanta delicadeza?

Pálida, Megan se dio cuenta de que todavía tenía las manos levantadas y se apresuró a bajarlas. Ya habría sido bastante malo que Daniel hubiera visto la escena. Descubrir que había sido Lucas era inquietante, por mucho que no le importara lo que pudiera pensar. Sus razones eran tan válidas como siempre, no estaba dispuesta a explicarse aunque hubiera podido.

De modo que se encogió de hombros, fingiendo una

indiferencia que distaba mucho de sentir en aquellos momentos.

—Sólo con los que no aceptan un no por respuesta —dijo mientras se sentaba en el sofá y cruzaba las piernas.

Lucas la siguió con la mirada, deteniéndose a contemplar la forma de sus pantorrillas con una intensidad que la sobresaltó. Megan sintió que una llama volvía a la vida en la boca de su estómago. No podía recordar cuándo había sido la última vez que había experimentado una oleada de deseo tan repentino. Lo sorprendente era sentirla con Lucas. Aunque involuntaria, una sensación de anticipación provocó deliciosos hormigueos sobre su piel.

—Conque estás decidida a mantener a todos a raya, ¿eh, Pelirroja?

La burla de Lucas penetró en su aturdimiento y, riñéndose por dejarse distraer tan fácilmente, Megan le sonrió de la misma manera.

—Soy una mujer moderna. Tengo derecho a elegir con quién quiero tener una aventura.

En realidad, sus aventuras se reducían a una sola. Pero eso no podía decírselo al hombre que la contemplaba con ojos encendidos. Mientras hablaba, se dio cuenta de que el traje de etiqueta que llevaba no podía ocultar la fuerza de aquel cuerpo. Siempre había considerado que Lucas era atractivo, pero había sido un juicio clínico y no una reacción a las señales que él constantemente emitía. Ahora estaba sintonizando con ellas.

—No dudo de te aseguras de elegir sólo a los que puedes dominar. ¿De qué tienes miedo?

Megan bajó sus largas pestañas para ocultar la expresión de sus ojos. «Miedo» era una palabra demasiado tímida que se empleaba sólo para las fantasías. Sus temores eran reales, concretos, pero tenía fuerza para dominarlos, un poder pasmoso al que nunca podría renunciar porque, simplemente, se trataba de una cuestión de vida o muerte. Aquello provocó que sonriera con tristeza mientras volvía a mirarlo a la cara.

—¿Y de qué tienes miedo tú? También eres notablemente despreocupado. Debes tener tus propias reglas para delimitar hasta dónde pueden llegar las mujeres contigo.

Lucas lo reconoció con una inclinación de la cabeza.

—Es verdad, pero mi método de despedirme es menos draconiano. Ese pobre de ahí fuera ha desnudado su alma ante ti y tú las has pisoteado. ¿Es que no tienes compasión?

Megan contempló aquella cara austera y le sostuvo la mirada. Estaba haciendo un juicio de valor y ella no podía culparle porque se basaba en lo que había escuchado. Sí, ella había dado la impresión de no tener corazón, pero decirle que sólo había sido cruel por necesidad les llevaría a largas y tediosas explicaciones y ella había decidido mucho tiempo atrás no disculparse por nada. En un mundo duro, sólo los fuertes sobrevivían y ella iba a ser fuerte. No tenía más remedio.

—Él no me amaba —dijo con voz hueca—. Y aunque fuera así, no me amaría siempre.

Lucas sacudió la cabeza, incrédulo.

—¿Cómo te has convertido en una persona tan dura?

Megan estuvo a punto de echarse a reír. Con años de práctica y determinación, se había construido una coraza tan dura como una concha, pero por dentro... El episodio de aquella noche era la prueba de que todavía era vulnerable. A veces se preguntaba si quedaría algo que mereciera la pena cuando completara el muro o si sólo sería una cáscara vacía. Qué irónico, qué...

Pero no quería pensar en eso. Ni ahora ni nunca.

—¿Dónde está Daniel? —dijo, ignorando su pregunta y confirmando así la opinión que Lucas se había formado de ella.

—No tengo la menor idea —dijo Lucas al cabo de un instante.

—¿Qué quieres decir? ¿No habíais salido juntos?

—No sé lo que habrá hecho esta noche. Yo estaba ocupado con otros asuntos.

Megan estuvo de pie al momento.

—Pero... si no estabas con Daniel, ¿qué estás haciendo aquí?

Lucas titubeó y frunció el ceño para sí mismo, como si acabara de ocurrírsele una idea.

—Dan no te lo ha dicho, ¿verdad?

—Puedes decirme lo que sea —declaró ella preparándose para lo peor.

—Hablas como si fuera el fin del mundo —dijo él con un ligero sentido del humor.

Megan no sonrió. Si Daniel había vuelto a irse a las carreras, podía suponer el fin definitivo.

—Estoy demasiado cansada para jueguecitos, Lucas. Acabemos de una vez, ¿quieres?

Megan suspiró. No tenía sentido que Lucas cargara con las culpas por los defectos de Dan.

—Lo siento, yo...

Lucas la miró con pena.

—Cuando me encontré con Dan esta tarde, me invitó a quedarme aquí.

Megan parpadeó, mirándolo como una estúpida.

—¿Es eso? Yo pensaba que...

Respiró profundamente y le sonrió con desgana. No importaba lo que hubiera pensado, se había equivocado y su alivio fue enorme.

—Tendría que haber imaginado que Dan es capaz de hacer una cosa así sin consultarme.

Lucas volvió a fruncir el ceño.

—¿Tienes algún problema en que me quede en tu casa?

No, sólo que iba a suponer una boca más que alimentar y otra persona desordenando y ensuciando. Hacía meses que habían tenido que prescindir de la asistenta y, naturalmente, las tareas de la casa habían recaído sobre ella. Aquello debía de ser la forma que Daniel tenía de hacerle pagar lo que le había dicho antes. Si esperaba que ella se quejara, estaba muy equivocado.

—En absoluto. Eres bienvenido, Lucas, aunque tendrás que darme un momento para que te prepare la cama.

—No hace falta. Soy mayor y puedo hacerme la cama yo solito. Dime dónde guardas las sábanas.

Cuando se acercó, Megan distinguió una mancha de lápiz de labios rosa en su boca. Era el mismo color que llevaba la rubia. En aquel momento comprendió en qué había estado ocupado aquella noche. Fue un gesto automático levantar la mano y limpiarle con el pulgar.

—Eres un descuidado al dejar tantas pruebas. Bien, ya está mejor. Ese tono rosa no te favorece nada, ¿sabes?

Megan se encontró sujeta por la muñeca. Los ojos azules de Lucas brillaron con picardía.

—Quizá la haya dejado para que tú la vieras, Pelirroja.

Aunque el corazón le latía desbocado, Megan alzó las cejas desafiante y trató de ocultar su desasosiego.

—¿Por qué ibas a hacer una cosa así?

La sonrisa de Lucas fue lenta y seductora.

—Pues para ver lo que hacías, por supuesto. Las reacciones de una persona pueden ser muy reveladoras.

—¿Y qué te han revelado las mías? —le retó ella, tratando de dominar el aleteo de su estómago.

Estaban tan cerca, que sentía el calor de su cuerpo. De repente, estuvo completamente despierta y con todos los sentidos alerta.

—Que piensas que soy tan vano, si no más, que las mujeres con las que salgo.

Megan sonrió inclinando hacia un lado la cabeza.

—Ya me he dado cuenta de que has encontrado otra rubia clónica.

—¿Rubia clónica?

Aquel enfrentamiento le resultaba estimulante y Megan le devolvió la misma mirada cínica.

—¡Pobrecito! Debes de estar muy mal si no has caído en la cuenta de que todas son iguales. Incluso tienen nombre parecidos, Sophie, Stephanie o Sylvia —dijo ella, frunciendo los labios cuando él le apretó la muñeca.

—No tenía ni idea de que habías estudiado tan a fondo la situación.

Megan fingió un suspiro y ocultó el dolor que sentía.

—Es difícil no estar al tanto de tu vida cuando tu foto y las de tus acompañantes salen casi a diario en la prensa. A propósito, espero que hayas invitado a cenar a la de hoy, eso nos evitará ver cómo te devora en público.

—¿Lo has visto, eh? Mirar es casi tan divertido como participar. Una mujer muy... cariñosa esta Sonja.

—¡Aj, Sonja! —exclamó ella sarcásticamente—. Eso suena muy... nórdico.

—Sólo el nombre —dijo él con una mirada maliciosa—. Su espíritu es puramente latino. ¿Te ha gustado el espectáculo?

Ahora que lo mencionaba, no, no le había gustado.

—Me recordó a los tigres del zoo cuando les echan de comer, cuando saltan sobre la comida y la desgarran con los dientes —respondió ella mientras que un temblor de disgusto recorría su cuerpo.

Lucas sonrió apreciativamente al oír la analogía.

—¿Crees que debo temer por mi vida?

Los ojos de Megan bailaron de contento.

—Creo que lo que debería preocuparte es tu libertad.

Lucas fingió considerarlo.

—¿Crees que trata de echarme el lazo?

Megan rompió a reír.

—¡Vamos! Ella cree que te tiene en el bolsillo. Si yo fuera tú, empezaría a ponerme nervioso. Si escuchas con atención, verás cómo oyes campanas de boda —dijo ella, riéndose sin alegría.

Lucas sonrió y el brillo de sus ojos se hizo más profundo.

—¿Te encantaría ver que me atrapan, eh?

Megan también sonrió.

—Me parece una idea conmovedora. Por lo patética, me refiero.

Hubo un destello de dientes blancos mientras la sonrisa de Lucas se ensanchaba. La soltó.

—Es asombroso que no lo hayas intentado tú.

—Puedo ser estúpida a veces, pero no estoy loca —replicó ella, aunque el corazón se le aceleraba con sólo pensarlo.

—Me sorprende que no hayas dicho «desesperada».

—Trataba de ser educada —mintió ella.

Lucas echó la cabeza hacia atrás y soltó una risotada. Megan lo miró fascinada. Al cabo de un momento, él se serenó y se quedó mirándola.

—¿Sabes, Pelirroja? Me alegro de que no hayas cambiado. Sigues siendo tan fogosa como tu pelo. Hubiera sido una pena ver cómo todo ese fuego se apagaba. Eres mucho más divertida así.

—¿Más que Sonja?

—A cada cual lo suyo. Los talentos de Sonja son más... femeninos.

La diversión terminó tan rápidamente que fue sorprendente. Megan no se esperaba aquel ataque encubierto, había permitido que la novedad de la atracción que sentía por él le hiciera bajar la guardia. Se miró las manos, temblaban. Necesitó un momento para recobrarse y volver a mirarlo.

—Tú crees que Mark tiene razón, ¿verdad? Que carezco de algo esencialmente femenino.

Lucas se encogió de hombros.

—Casi todos los hombres prefieren un poco más de ardor y menos escarcha.

Inesperadamente, Megan se sintió dominada por la ira.

—¡Es asombroso! —exclamó airada—. Si aparentara prometer algo, me llamarías embustera cuando no lo cumpliera. Y sólo por que escojo decir que no, me acusas de fría.

Lucas estudió su expresión feroz con interés.

—¡Bueno, yo no diría exactamente fría! Lo que me asombra es tu sangre fría. Tienes que tener el control y no das tregua a quien se atreva a pasarse de la raya.

Un poco brusco, pero cierto. Megan no estaba dispuesta a comprometerse. Si evitas comprometerte, no causas dolor, una máxima que ella había jurado cumplir.

—No tiene sentido tener principios si no los sigues —dijo ella, apartándose de Lucas.

—¿Cómo puede haber reglas para el amor? Nunca se sabe cuándo te vas a enamorar.

—Precisamente por eso. No quiero enamorarme y mis reglas son asegurarme de que eso no ocurra. No hay sitio para el amor en mi vida. Amor significa matrimonio y familia. No quiero tener niños. No soy una mujer maternal. Y, desde luego, no quiero atarme de por vida a un hombre. El amor es una trampa y yo prefiero ser libre y hacer lo que me plazca con mi vida.

Había dicho tantas mentiras en un momento que cruzó los dedos con disimulo, pero Lucas no lo sabía.

—Muy interesante. Pero te olvidas de una cosa, la vida siempre encuentra la manera de que los mejores planes acaben en la papelera.

Megan lo había aprendido a costa de mucho dolor, por eso no quería correr riesgos.

—Los míos no. No voy a dejarme atrapar por sorpresa. Mi vida es exactamente como yo quiero que sea.

Alzó la barbilla y trató de aparentar tanta sangre fría como él decía. Lo miró a los ojos y le maldijo por criticarla.

—Retiro lo que he dicho. Sí que has cambiado, Pelirroja.

Y, a juzgar por el movimiento de su cabeza, no para

mejor. Megan había esperado su condena, pero no el dolor que le producía. Se había creído a salvo de eso. Se quitó de encima aquella sensación con una risa obstinada.

—¡Vaya, Lucas! Parece que te he sorprendido —dijo ella, con un buen humor que no sentía.

Esa vez, él no se rió. Megan incluso habría dicho que parecía pesaroso.

—Estoy tratando de descubrir la chica encantadora y cálida que yo conocía en la mujer que tengo delante.

Megan descubrió que tenía que apartar la cara para tragar el nudo de emoción que atenazaba su garganta. Se acercó a la ventana y la cerró.

—¿Esperabas que fuera una adolescente para siempre?

Cuando se dio la vuelta, él la estaba mirando como si fuera un rompecabezas particularmente difícil de resolver.

—No, pero llegar a ese extremo no es habitual. ¿Qué te ha pasado, Pelirroja?

Era extraño, pero nadie se lo había preguntado nunca. Todos se habían limitado a aceptar lo que ella decía y hacía. Le molestaba que Lucas fuera tan perceptivo. Era demasiado tarde para confidencias, de modo que arrugó la frente como si no le comprendiera.

—No ha pasado nada. Sólo que he madurado.

Y pensó que tomar decisiones sobre su vida había sido doloroso, pero inevitable. Fingió un bostezo.

—Es muy tarde. Te enseñaré dónde están las sábanas y el edredón. Supongo que no te importará usar un edredón, ¿verdad? Sé que algunos hombres no pueden soportarlos.

Estaba parloteando, pero no le importaba. Lucas se conformó y ella subió la escalera y abrió el armario de la ropa de cama.

—¿Estás seguro de que puedes arreglártelas solo? —dijo mientras lc daba unas sábanas limpias.

—No te preocupes. Buenas noches, Megan —dijo él en un tono sombrío mientras se alejaba por el pasillo.

—Buenas noches, Lucas. Que duermas bien.

Lucas no dio muestras de haberla oído. Megan se mordió los labios. Bajó a cerrar, dejó una luz encendida en la entrada y subió a su habitación.

Allí, se sentó en la repisa de la ventana. Había sido unas de las peores noches de su vida. Primero Mark, luego Lucas... estaba exhausta. Por muy convencida que estuviera de lo acertado de su postura, defenderla siempre la dejaba vacía. Aquella noche había sido especialmente agotadora porque, aunque Mark sólo la conocía como mujer adulta, Lucas podía compararla con los recuerdos de toda una vida.

Le parecía curioso que ni su padre ni Daniel hubieran hecho el menor comentario sobre la mujer en que se había convertido, la Megan que había vuelto de la universidad. Sólo a Lucas le había parecido extraño el cambio. No le gustaba que él tuviera aquel concepto de ella, pero tampoco había más remedio, no sin revelarlo todo. Megan tenía su orgullo, no quería inspirar lástima. Se negaba a compadecerse de sí misma y aborrecía que la compadecieran. Aquello era la parte fundamental de sus reglas.

Tenía dieciocho años cuando las había elaborado. Un día tenía ilusión por ir a la universidad, encontrar el amor, casarse y tener una familia. Al siguiente, todo había cambiado. Aquel año su madre desarrolló un cáncer y todo sucedió tan rápidamente que la perdieron a los pocos meses. Apenas se había repuesto del golpe cuando le sobrevino otro en forma de carta. Lo que Kate Terrell nunca le había podido decir en persona le fue revelado en el destartalado despacho del abogado.

Sobrecogida, escuchó que Kate Terrell padecía una enfermedad genética hereditaria para la que no había cura. Se transmitía por la descendencia femenina y no amenazaría la vida de Megan o de cualquier hija que pudiera tener, pero sí la de sus hijos varones. Lo niños raramente sobrevivían a la infancia.

Megan encogió las piernas bajo el cuerpo y se abrazó, como si pudiera defenderse de los recuerdos. No había querido creerlo, pero, al volver a la universidad, se había puesto en manos de un médico. Entonces había dado comienzo su pesadilla. Las pruebas confirmaron la historia de su madre. Megan tenía el gen que sus hijos heredarían. Demasiado conmocionada como para reaccionar, experimentó todas las emociones posibles, desde la rabia a la desesperación. Odió a su madre por no habérselo dicho, odió al mundo por ser tan injusto.

Megan apoyó la cabeza contra el marco y cerró los ojos. Recordaba al médico insistiendo en que debía seguir adelante y llevar una vida normal. No había sabido si reír o llorar. ¿Cómo podía soñar en una vida normal? Para ella, eso significaba un marido y una familia. Niños. Sabiendo lo que sabía, ¿Cómo iba a tenerlos? ¿Cómo iba a condenarlos? ¿Cómo iba a llevar un hijo en sus entrañas durante nueve meses y luego asistir a su muerte ineludible?

La paz sólo llegó con la aceptación de que no podía hacer nada para remediarlo. No podía cambiar el pasado, pero sí podía hacer algo respecto al futuro. No iba a jugar con sus hijos, el sufrimiento acabaría en ella si se aseguraba de ser la última de su familia. Era la única opción que tenía. Megan no era una mártir. Había sufrido al tomar esa decisión, pero sabía que era la correcta y eso le había brindado la paz que tanto buscaba.

Que también significara que nunca podría casarse fue algo que aceptó sin pestañear. Si no podía tenerlo todo, no tendría nada. No habría remordimientos ni recriminaciones, su único compromiso sería para con su trabajo. Se había mantenido fiel a su determinación y tan sólo una vez había cedido a la soledad, a su necesidad de sentirse cerca de alguien y había tenido una aventura. Toby la amaba pero ella no le correspondía. Él había creído que podría hacerla cambiar y ella dejó que lo intentara. Pero sabía que no había futuro para ellos y no era justo que le permitiera creer otra cosa. Era difícil vivir con el dolor y la culpa, aun después de haber puesto fin a su relación. Entonces, había convertido en norma el no volver a comprometerse con nadie.

Se pasó la mano por el pelo. ¡Cómo detestaba hacer daño! Sin embargo, no podía aceptar sin dar y, puesto que no podía dar, no se permitía aceptar. A veces las cosas salían mal, como aquella noche. A veces se encontraba con lo inesperado, como aquella repentina atracción por Lucas. Era sorprendente, pero estaba segura de que ocurriría lo de siempre, se le pasaría con el tiempo, la vida tornaría a su cauce.

Un poco más animada por aquel atisbo de sentido común, Megan se desperezó y se preparó para acostarse.

Amaneció un día claro y soleado. Megan se puso un top blanco y unos pantalones cortos plisados de color caqui que mostraban un bronceado conseguido a base de horas de navegación. Mientras se ponía las zapatillas deseó tener tiempo para navegar aquella tarde, pero no podía estar segura.

No le sorprendió ver que Daniel no había dormido en su cama. Diciéndose que no debía sacar conclusiones precipitadas, bajó a la cocina y olió el aire. Estaba saturado del aroma del café. Frunciendo el ceño, abrió la puerta y encontró a Lucas sentado a la mesa tomando un pote humeante.

Lucas la miró cuando ella se detuvo sorprendida y se recreó en su figura mientras sonreía.

—Muy guapa —dijo en voz baja.

Megan sintió que la excitación del día anterior la invadía con renovados bríos.

—Tú tampoco estás mal.

A pesar de los vaqueros gastados y una camiseta negra demasiado grande, Lucas se las arreglaba para alegrar los ojos somnolientos de cualquier mujer. Megan se refugio en el frigorífico, empezaba a entender por qué algunas mujeres ignoraban las señales de peligro. Había algo en Lucas que conminaba a perder la cabeza y dejarse arrastrar.

—¿Has desayunado? —preguntó ella, intentando tranquilizarse.

—Iba a hacerlo, pero me he acordado de que teníais una asistenta y lo he pensado mejor.

—Bella era muy simpática. Por desgracia no sigue con nosotros. Pero te aseguro que esta asistenta no es celosa y que está dispuesta a hacerte unos huevos revueltos con bacon si te apetece.

—¿Tú? —dijo él, sorprendido.

—Sé cocinar. Tranquilo, no voy a envenenarte. ¿Qué, te apetece?

Unas arrugas risueñas aparecieron en torno a sus ojos al oír su comentario, mientras observaba la facilidad con la que ella se desenvolvía.

—Sí, de acuerdo. ¿Quieres que te ayude?

Megan le lanzó una mirada escéptica por encima del hombro.

—Si prometes no quemarlas, puedes preparar tostadas. El pan está en la panera y el tostador ahí encima.

Los minutos que siguieron fueron los de una escena doméstica en perfecta armonía. Megan se sobresaltó al darse cuenta. Entonces, se repitió con obstinación que no debía sacar conclusiones. Siempre se habían llevado bien cuando no estaban peleando.

—¿Qué le pasó a la asistenta?

Ya estaban sentados comiendo, cuando Lucas retomó la conversación. Megan se encogió de hombros.

—Decidimos que no la necesitábamos. Daniel casi

nunca aparece a comer y la casa no es tan grande como para que no pueda encargarme yo de la limpieza.

Otra mentira. Aunque tenía la cabeza gacha y se concentraba en la comida que había en su plato, Megan podía sentir que él la estaba mirando.

—Claro, ¿por qué vas a pagarle a nadie cuando puedes hacerlo tú misma? —dijo él en un tono tan alegre que Megan lo miró preguntándose si no habría sospechado la verdad.

—Desde luego —dijo un poco más relajada al ver que no parecía haber peligro.

—Por suerte, eres una buena cocinera.

¡Hubiera dado lo mismo que no lo hubiera sido!

—Quizá lo único que sepa hacer sean huevos con bacon.

—Seguro que no —dijo Lucas con un matiz que ella no tuvo dificultades en interpretar. El corazón volvió a darle un vuelco.

—Si eso es una muestra de tu tan cacareado encanto con las mujeres, me sorprende tu éxito —se burló ella.

Lucas se limitó a hacer una mueca.

—Hay muchas mujeres que no están de acuerdo contigo en ese aspecto.

Megan le compadeció con la mirada.

—Sólo el cielo sabe lo que esas pobres desgraciadas habrán visto en ti —dijo en tono exasperado.

Megan se levantó para recoger la mesa. Lucas le alcanzó su plato, pero cuando ella lo agarró, él no lo soltó. Como estaba inclinada sobre la mesa, la maniobra dejó su rostro a pocos centímetros del de Lucas.

—Tendrás que besarme si quieres averiguarlo.

Muy a su pesar, Megan sintió que el corazón se le desbocaba, como si quisiera escapar de su pecho. Al mirarle los labios, sintió vértigo. Se dio cuenta de que era irresistible, aunque se las arregló para mantener la compostura con un esfuerzo monumental.

—Paso, gracias.

Megan se maldijo por lo débil que había sonado su voz. Pero no tardó en quedarse sin aliento al darse cuenta de la manera en que él le estaba mirando los labios.

—¿Estás segura? A mí no me importaría complacerte.

Megan sintió que le ardían los labios. Le quitó el plato de las manos y se apartó de él.

—Ya que estás tan dispuesto, puedes complacerme fregando los platos. Tienes agua caliente en el grifo, detergente en el escurridor y encontrarás guantes bajo el fregadero, si es que quieres proteger tus manos delicadas —dijo ella, yendo a la puerta con una sonrisa amplia.

Cuando recogió el bolso y las llaves, se detuvo de repente. Megan se dio cuenta de que se había olvidado de reír. Siempre había disfrutado con los combates contra Lucas y haberle ganado le añadió un nuevo atractivo al día. Tarareaba por lo bajo cuando llegó a la oficina y la cara lúgubre de Ted se iluminó al verla.

—Pareces muy contenta.

Megan sonrió.

—He dejado a Lucas fregando los platos.

—Le has domesticado, ¿eh? Supongo que dentro de poco habrá fuegos artificiales.

Megan no dijo nada, sólo sonrió. Las cosas habían cambiado con la llegada de Lucas, quizá Ted tenía razón y les llevara un poco de suerte. El tiempo lo diría.

Durante unos días, casi no vio a Lucas ni a Daniel. Salían temprano y volvían tarde. Megan esperaba que saliera algo positivo del tiempo que pasaban juntos. Habría sido más feliz si también hubieran salido juntos por la noche, pero cada uno iba por su lado. Se imaginaba lo que Daniel estaba haciendo y Lucas también, si de eso se trataba. Seguro que Sonja se encargaba de mantenerle muy ocupado. Tampoco le molestaba, que hiciera lo que quisiera, eso le permitía a Megan tratar de controlar la atracción a la que había sucumbido.

La semana transcurrió sin incidentes. Megan empezó a trabajar en un nuevo diseño. Aquel barco surcaría el agua tan rápidamente que Megan sabía que podrían venderlo si tuvieran la oportunidad de exhibirlo. No oyó los pasos que se acercaban, sólo cuando una sombra le tapó la luz, levantó los ojos y vio a Daniel. La sonrisa de Megan desapareció al ver su cara. Llevaba ropa limpia, era su cara la que parecía arrugada. Dejó el lápiz, consciente de que él raramente la buscaba a menos que quisiera algo.

—¿No te has equivocado de sitio? Esto es un astillero —dijo ella.

—Ya sé lo que es —dijo él, echándole un ojo a su trabajo—. ¡Hum! No está mal.

Megan se echó el pelo hacia atrás y alzó las cejas al oír aquel halago gruñón.

—Bueno, trato de no perder facultades por si ocurriera algún milagro. ¿Qué puedo hacer por ti? ¿O es que has venido a trabajar?

Sus miradas se cruzaron y Daniel apartó la suya.

—Necesito la llave de la caja fuerte.

Megan se quedó paralizada. Lo único que había allí eran las medallas que su abuelo había ganado en la Primera Guerra Mundial y las joyas de su madre. Daniel lo sabía tan bien como ella.

—Son mías, Daniel —le recordó.

Daniel apretó los dientes con expresión rebelde.

—¡Las recuperarás, te lo juro! Sólo quiero empeñarlas.

Megan se inclinó sobre el plano y volvió a trazar una línea que ya era perfecta.

—¡No! Sabes que si dejo que te lleves algo, no lo volveré a ver.

—Te doy mi palabra, Meg —dijo él en un tono nervioso que provocó la sonrisa de ella.

—Lo siento, Daniel, pero tu palabra no está muy cotizada últimamente.

Daniel se pasó una mano por el pelo.

—¡Gracias por la confianza! ¿Qué ha pasado con tu lealtad, Meg?

—¡Ah! ¿Pero todavía no la has apostado a ningún caballo? Ya no te comprendo, Daniel. Ibas a tener el mejor astillero del país. ¿Cómo puedes permitir que se te escape de las manos?

Megan lo miró esperando una respuesta sincera, pero él se limitó a poner una expresión testaruda.

—Trabajo para vivir, no vivo para trabajar.

Eran ese tipo de comentarios lo que le hacían enfadarse con él. Toda la rabia y las decepciones de los últimos meses se adueñaron de ella de golpe.

—¿Cómo tienes el valor de decirlo y quedarte tan fresco? ¿Qué pasó con los dos últimos trabajadores que confiaron en ti? ¿Qué voy a decirles cuando tenga que despedirles?

—No llegaremos a eso —dijo él, sujetándole el brazo.

—Ya hemos llegado, ¿o es que estás tan ciego o te has vuelto tan estúpido que no lo ves? —le desafió ella soltándose.

Daniel se sonrojó.

—Despídeme a mí, Megan —gruñó él. Tomó el bote de lápices y lo estrelló contra la pared—. Despídeme, ¿de acuerdo?

Y salió hecho una furia, algo a lo que Megan se estaba acostumbrando rápidamente. Descubrió que estaba temblando, que allí pasaba más de lo que ella se había imaginado. No sabía exactamente qué, pero el nudo de su estómago era una advertencia suficiente.

«¡Oh, Daniel! ¿En qué demonios te has metido?», lloró en silencio.

Capítulo 3

PROBLEMAS?

La voz lánguida de Lucas sonó a sus espaldas y ella giró en redondo. Él estaba apoyado cómodamente contra el marco de la puerta. Con una inspiración profunda, Megan cruzó la oficina y se dedicó a poner orden en el desastre que Daniel había montado.

—Lárgate, Lucas.

Se preguntó cuánto llevaba allí y qué había oído. Acabó de recoger y volvió a poner su taza tristemente mellada en el lugar que le correspondía.

—¿Discutís a menudo?

—¿No tienes nada mejor que hacer que meter tus narices en los asuntos de los demás?

Megan abandonó el diseño y fue al escritorio. Las manos le temblaban demasiado como para trazar una línea recta, ni siquiera con la ayuda de una regla.

—Ahora mismo, no —contestó Lucas.

Con un montón de carpetas en la mano, Megan pasó al archivo, las dejó sobre el mueble y empezó a clasificarlas.

—¡Tienes mucha cara! Lo que has visto sólo era una diferencia de opiniones. Siempre estamos igual —mintió.

—En ese caso, supongo que compraréis muebles irrompibles u os quedaréis sin nada en menos de una semana —dijo él mientras estudiaba su diseño—. Va a ser un barco hermoso —comentó, pasando un dedo sobre las líneas.

Megan sonrió amargamente, animada por el cumplido inesperado.

—Gracias. Ahora lo único que necesito es que alguien me pague para construirlo.

Lucas levantó la cabeza y la miró con curiosidad.

—Eso no debería ser un problema, ¿verdad? Dan dijo que todo marchaba viento en popa.

—Siempre ha sido un optimista. Estamos en plena recesión, ya sabes.

—Sí, algo he oído sobre eso —dijo él, acercándose y observando los libros que había en el archivo—. ¿Desde cuándo te encargas de la contabilidad?

—Desde que el contable se quejó del ejército de hormigas que emborronaba los libros —dijo ella, refiriéndose al comentario que había hecho el empleado acerca de la atroz escritura de su hermano.

Lucas se quedó perplejo.

—¿Sigue escribiendo tan mal, eh?

Megan se echó a reír al ver aquella sonrisa cómplice.

—Debería haber sido médico.

—Y mientras que tú diseñas barcos y llevas la contabilidad, ¿qué hace Dan?

Megan lo tenía en la punta de la lengua. «Gasta un dinero que no tenemos apostando a los caballos». Sin embargo, lo pensó mejor.

—Daniel se ocupa de la promoción. Alguien tiene que ir por ahí y convencer a la gente de que compre.

Megan se preguntó de qué habrían hablado Daniel y él durante aquellos días. Desde luego, no parecía que la conversación hubiera girado en torno al astillero. De repente, se dio cuenta de que Lucas estaba a su lado. Tenía un informe en las manos y lo estaba ojeando. Ella le lanzó una mirada que hablaba por sí sola, una mirada que él ignoró.

—A mí no me parece que sea un trabajo adecuado para Dan —comentó Lucas, haciendo una mueca.

—No, preferiría navegar, pero sabe que esto sólo es el principio. Todos dependemos unos de otros. Yo diseño los barcos, Ted los construye y, cuando hayamos hecho el dinero suficiente, Daniel los pilotará.

Era perfecto. A Daniel siempre le había vuelto loco aquella idea.

—Parece estupendo —dijo Lucas—. Entonces, ¿por qué tengo la sensación de que debería haber un «pero» en alguna parte?

Megan no vio motivos para andarse por las ramas.

—Estamos tardando un poco más de lo que habíamos pensado —admitió de mala gana.

—Y Dan está empezando a impacientarse —dijo mientras dejaba el archivador en el montón.

—Tenía la esperanza de que estos días contigo le ayudaran a animarse —dijo ella, aunque lo dudaba.

—Quizá podamos hacer algo esta tarde. Vamos a dar una vuelta en el Sea Mist.

La mención del yate que su padre había construido hizo que a Megan le brillaran los ojos. Sólo conservaba buenos recuerdos de los días dorados que había pasado navegando en él.

—¡Ah! Daría una fortuna por acompañaros.

—¿Y por qué no vienes? Hay sitio de sobra.

Tentada, Megan lo miró a los ojos y tuvo la sensación de hallarse ya en el mar, en peligro de ahogarse. Sacudió la cabeza y retrocedió un paso.

—A Daniel no le haría gracia. Además, tengo mucho que hacer aquí —dijo yendo otra vez al escritorio—. ¿Has venido para invitarme?

—En parte. En realidad he venido a pedirte que salieras a cenar conmigo.

Jamás, ni aunque hubiera tenido un millón de años para pensarlo, habría imaginado que Lucas pudiera invitarla a cenar.

—Bien, bien. ¿Quién iba a pensar que llegaría el día en que el más famoso donjuán de Europa estaría tan necesitado de compañía como para pedirme que saliera con él? —dijo, decidiendo que también le gustaba el modo en que sus ojos chispeaban con humor.

Lucas sonrió.

Tontamente, Megan pensó que ahora sabía cómo debió sentirse Caperucita en su primer encuentro con el lobo.

—Siempre, claro, que no tengas demasiado miedo como para aceptar, Pelirroja.

—¿De verdad me estás retando, Lucas? —preguntó ella, riendo por dentro.

—¿Crees que yo haría algo así?

¿Desde cuándo tenía Lucas una voz profunda y oscura, como chocolate espeso?, se preguntó ella.

—Serías capaz de cualquier cosa con tal de que te diera ventaja.

—¿Eso es un sí o un no?

—Ninguno de los dos. Me pregunto por qué no se lo has pedido a mi hermano.

—Lo he hecho, pero Dan tiene un compromiso.

Allá iba su esperanza de que las ganas de estar con su viejo amigo apartaran a Dan de los nuevos. Aunque aquello era una mala noticia, Megan se esforzó para que no se le notara.

—En ese caso, será mejor que me apiade de ti, ¿no? Pero con una condición.

Lucas contuvo una sonrisa.

—¿Cuál?

—Que vayamos a algún sitio donde no haya fotógrafos. No quiero despertarme mañana y encontrar mi foto en alguna revista del corazón que proclame a los cuatro vientos que soy tu última conquista.

Lucas inclinó la cabeza.

—Te prometo discreción absoluta. Y, si por casualidad aparece algún reportero, insistiré en que sólo somos buenos amigos.

—¡No me hagas favores! —refunfuñó ella.

—Pasaré por ti a las ocho —dijo él riendo.

Megan cerró los ojos consciente de que esperaba aquella noche con más ilusión de lo que quería reconocer.

Megan bajó las escaleras a las ocho menos cuarto. Se detuvo frente al espejo del recibidor y sonrió ante lo que veía. Había puesto mucho cuidado en arreglarse, después de todo, a una mujer no le ocurría todos los días que el mítico Lucas Canfield la invitara a cenar. Se había recogido el pelo rebelde en una trenza, lo que atraía la atención sobre la delicada estructura de sus pómulos y barbilla. Luego, con un mínimo toque de maquillaje para conseguir el efecto más impactante, había convertido sus ojos en dos lagunas verdes y misteriosas. Sus labios eran de un rosa apetitoso.

Había escogido un vestido negro con tirantes pequeños que se ajustaba a su figura, la realzaba y le daba a su piel el color del alabastro. Esperaba sorprender a Lucas y descubrió que aquella idea la excitaba.

Cuando oyó que una puerta se cerraba arriba, se apresuró a apartarse del espejo, no quería que la pillara pavoneándose. Fue a la cocina. Ted estaba fregando los platos de su cena. Vivía en una casa de la misma calle, pero su cocina había quedado destruida en un incendio hacía poco más de mes y Megan había insistido en que usara la suya hasta que pudiera acabar la reconstrucción.

Se le pusieron los ojos como platos al ver cómo estaba vestida.

—¿Adónde vas?

Megan se sentó.

—Voy a cenar con el hombre más sexy del mundo. Según las revistas del corazón más acreditadas, tiene la sonrisa más pícara y el trasero más mono de todo el país —dijo Megan sonriendo mientras Ted arqueaba las cejas.

—¡Eso no es más que cháchara!

Megan soltó una risilla, sintiéndose más contenta y expectante de lo que había estado en mucho tiempo.

—No tienes corazón, Ted. Nueve de cada diez mujeres habrían reconocido a Lucas con esa descripción.

—¿Lucas? —dijo Ted mientras su expresión asombrada se transformaba en sonrisa—. Apuesto a que le vas a volver loco.

Los dos se echaron a reír.

—Es culpa suya por haberse labrado esa reputación. ¿Te acuerdas de cómo era antes de marcharse? Ninguna mujer estaba segura a su lado.

Ted se puso serio.

—¡Vaya si lo recuerdo! Aplícate el cuento y ve con ojito. Me disgustaría ver que te hace daño.

Megan se sintió reconfortada con su cariño.

—Lucas no puede hacerme daño —le aseguró.

Ted levantó un dedo admonitorio, lleno de jabón.

—Cualquier mujer puede resultar herida. Tú no eres una excepción.

Había muchas maneras de hacerse daño, pero la que a Ted le preocupaba era la que menos probabilidades tenía de afectarla. Megan se levantó y lo abrazó.

—No te preocupes, tendré cuidado —prometió—. De todas maneras, Lucas y yo somos como agua y aceite. Nunca nos ponemos de acuerdo.

—La gente que presume de eso es la que suele acabar casándose —dijo Ted de buen humor.

A Megan le falló la sonrisa.

—Nosotros no. Ni siquiera me he planteado en serio la idea del matrimonio.

Ted sacudió la cabeza.

—¿Quién sabe lo que el futuro nos tiene reservado?

Megan volvió la cabeza para ocultar el dolor de sus ojos. Ella lo sabía. Lo había sabido desde que tenía dieciocho años. Nada había cambiado, nada podría cambiar. No había ningún misterio, sólo un hecho frío y descarnado. Sintió escalofríos y alzó la cabeza. Se encontró mirando directamente a un par de ojos azules que la observaban con una expresión extraña. Se sobresaltó. Lucas había aparecido de ninguna parte.

—Me has dado un susto de muerte.

—La próxima vez, toseré para anunciarme —dijo él, acercándose a Ted con la mano extendida—. Me alegro de verte.

Era la primera vez que se encontraban desde que Lucas había llegado. Ted respondió con una sonrisa y le apretó la mano con fuerza.

—Yo también, Lucas. Parece que todo te ha ido de maravilla.

—No puedo quejarme. Ya veo que la Pelirroja te tiene bien enseñado —dijo Lucas, haciendo un gesto hacia el fregadero.

—No me deja hacer más. Me quedé sin cocina en un incendio y ella insiste en que coma aquí hasta que la haya reconstruido. No quiere aceptar dinero, de modo que me ocupo de fregar los platos.

Ted le lanzó una mirada asesina mientras hablaba para recordarle que seguía enfadado porque no le dejaba pagar lo que comía. Megan se la devolvió entornando los párpados.

—Tengo que cocinar de todas maneras, de modo que no quiero oír una palabra más.

La expresión de Ted se suavizó.

—Tienes razón, mamá ganso. Tanto preocuparte por mí como si fuera tu único pollito. Lo que necesitas es una familia propia.

Megan sabía que lo decía en broma, inconsciente del daño que podían hacerle aquellas palabras. Tampoco estaba dispuesta a que se le notara. Aunque sus ojos no chispearon de alegría, sonrió porque nadie tenía que saberlo.

—Tengo bastante con Daniel y contigo. Lucas, vamos a llegar tarde.

Ted elevó los ojos al techo.

—¡Oh, oh! Cuando pone esa cara, lo inteligente es ponerse a cubierto. Será mejor que vengas a hablar conmigo en el patio, Lucas. Hace mucho que no tenemos una buena charla tú y yo.

—Ahora no. Ya pasaré a verte.

—Te espero. Ahora, no está bien hacer esperar a las damas.

—No, desde luego. Sobre todo cuando la dama tiene un genio acorde con el color de su pelo —dijo Lucas.

—No te preocupes, Megan —dijo Ted—. Ya cerraré yo cuando me vaya.

—Vale, Ted. Hasta mañana.

Se detuvieron en el recibidor para que ella se pusiera el chal y recogiera el bolso. Al volverse, descubrió que Lucas la estaba contemplando con descarada admiración masculina. Los hormigueos volvieron a recorrer su piel y, para ocultarlo, Megan recurrió a la sorna.

—Espero que me des tu aprobación. No quisiera echar a perder tu reputación yendo mal vestida.

Aquellos ojos azules chisporrotearon.

—Estoy impresionado. No tendré ojos para ninguna otra esta noche.

Y, aunque Megan había escuchado lo mismo varias veces, sintió que se le ponía la carne de gallina.

Enmascarando su sorpresa con la facilidad de una larga práctica en ocultar sus sentimientos, Megan también lo contempló. Lucas estaba... como para caerse de espaldas. El traje de etiqueta que llevaba hacía con sutileza lo que los vaqueros con descaro, sugerir la fuerza latente de su cuerpo musculoso. No era raro que las mujeres hicieran cola para salir con él. Era un hombre de la cabeza a los pies, pura fuerza y virilidad.

Y, sin embargo, por mucho que se dijera, Megan sabía que no era inmune a él. Al contrario, la atraía irresistiblemente. Pero eso no era nada nuevo. La atracción era una cosa y hacer algo al respecto otra completamente distinta. Ella tenía el suficiente sentido común como para saber que nunca podría haber nada entre ellos. Era inconcebible, pensó con una sonrisa tonta.

—Estoy segura de que tú ya sabes que estás de miedo —dijo ella cuando salieron.

—¿Significa eso que crees que soy un presumido?

La tomó del brazo para llevarla al Jaguar. Megan lo miró a los ojos.

—Nunca sería tan grosera. Además, la vanidad está en los ojos del que mira.

—Creía que era la belleza.

—Todo depende de la perspectiva. Lo que ves cuando te miras al espejo puede ser belleza y, por lo tanto, vanidad. Sin embargo, lo que yo veo cuando te miro es algo completamente distinto.

—Que Dios me ayude. Sé que voy a arrepentirme, pero tengo que preguntarlo. ¿Qué es lo que ves?

—Eres muy atractivo... aunque estás un poco estropeado.

Lucas hizo una mueca.

—Haces que me sienta como una maleta vieja que ha dado la vuelta al mundo demasiadas veces. Tengo que reconocértelo, Pelirroja, sabes cómo poner a un hombre en su sitio.

—Es bueno para tu ego —declaró ella de buen humor—. Alguien tiene que cuidarse de que no te creas tanto halago.

Megan sentó en el coche y contempló el atractivo interior.

—O sea, que te has convertido en la guardiana de mi moral, ¿no?

Megan se abrochó el cinturón mientras él daba la vuelta al coche.

—¿Por qué no? Creo que puedo juzgarte bien.

Era verdad, Megan nunca se había dejado cegar por

sus encantos y conocía sus defectos. Lucas puso el coche en marcha y la miró de soslayo antes de arrancar.

—Y no te gusta lo que ves.

Megan contempló las manos que sujetaban el volante. Eran muy competentes. Tenía plena confianza en él conduciendo aquel coche poderoso. Lucas ponía toda su atención en todo lo que hacía y eso incluía a sus mujeres.

—No pienso ser hipócrita y negar que eres muy guapo. Es tu actitud hacia las mujeres lo que deja mucho que desear.

Lucas apartó un segundo los ojos de la carretera para echarle un segundo vistazo sonriendo.

—¡Yo pensaba que el problema era que las deseo a todas!

—¿Es que no tienes un mínimo de conciencia? —dijo ella, exasperada.

—Por lo visto, no. Lo que yo necesito es un ángel de la guarda. ¿Quieres el puesto?

—No, gracias. Sería una tarea ingrata con muy pocas satisfacciones. Nunca me harías caso.

Lucas se rió.

—Quizá te subestimas.

—No tengo influencia sobre ti.

—Puede que se deba a que lo has enfocado de una manera equivocada. Los mimos son más poderosos que las armas pesadas.

Megan se volvió a mirarlo detenidamente mientras se preguntaba si hablaba en serio. Había arrugas en torno a sus ojos y a su boca, lo que le dijo que bromeaba.

—¡Ahora estás echando a perder mis fantasías! —se quejó ella—. He tenido visiones en las que estabas inconsciente a mis pies.

—Bueno, si vamos a intercambiar fantasías...

—¡Claro que no! —se apresuró a decir ella, haciéndole reír.

—¡Cobardica!

Megan sonrió y miró por la ventanilla. Suspiró al

verse reflejada en el cristal. Le maldijo en silencio. Aun cuando estuviera seriamente disgustada con Lucas, él siempre se las arreglaba para hacerle reír. ¡Era irritante!

—Dime, Pelirroja. ¿Qué has estado haciendo con tu vida durante los últimos ocho años?

—¿Quieres decir aparte de arruinar la de todos los hombres de la ciudad?

—Tú te lo tomas todo a broma, ¿eh? —dijo él enfadado.

Megan se encogió de hombros. Claro que no, pero no se lo iba a explicar.

—Tengo la sensación de que, si hubiera sido un hombre el que dijera lo mismo, tú te habrías limitado a reír. ¿No es eso un doble rasero?

Lucas no apartó los ojos de la carretera.

—No, no me habría reído —dijo él con firmeza.

Megan resopló con escepticismo.

—Dijo el hombre que pasa por las mujeres como un cuchillo al rojo por la mantequilla. ¡Sólo el cielo sabe cómo te las arreglas para trabajar! Eso, claro, suponiendo que trabajes.

—Bueno, me alcanza para escribir una o dos cartas.

—¿Te refieres a que todavía recuerdas lo que es un papel y un bolígrafo? Tendré que tener cuidado en no cansarte mucho o podrías verte obligado a guardar cama.

—Si yo tuviera que guardar cama, no sería solo —replicó él riendo.

—Eso sí me lo creo. Seguro que Sonja estará encantada de acompañarte —dijo ella recordando la disponibilidad de la rubia.

—Seguro —dijo él con una sonrisa—. Sin embargo, al ser azafata, puede que se encuentre al otro lado del mundo. Tendré que buscar una sustituta.

—No creo que haya escasez de voluntarias. Apuesto a que la cola sería más grande que la de unos almacenes en las rebajas de enero.

—Me alegro de saber que tienes en tan alta estima mi... destreza.

Megan no pudo evitar echarse a reír.

—Siento desilusionarte, pero no se trata de que te tenga en tan alta estima, como tú dices. Más bien es el coeficiente de inteligencia de esas mujeres lo que me da pena —dijo ella con intención de herirle, aunque sólo consiguió que sonriera.

—¿Nunca te quedas sin una respuesta aguda, eh, Pelirroja? Ten cuidado de que no se vuelvan contra ti. Después de todo, sales conmigo esta noche. ¿Qué dice eso de tu coeficiente de inteligencia?

—Eso no tiene nada que ver —dijo ella enfadada—. Para empezar, no soy rubia. Y, lo que es más importante, cenar contigo me parecía ligeramente más divertido que limpiar el horno, una tarea que evito a la más mínima excusa.

La risa suave de Lucas hizo que se le pusiera la carne de gallina.

—¿Sabes una cosa, Pelirroja? Eres una de las pocas mujeres con las que me divierto de verdad.

—¿En serio? Yo creía que te ponía furioso.

—Eso también. Tu manera desdeñosa de tratar a los hombres no es un incentivo para mí.

—Idem para tu utilización de las mujeres.

—De modo que, después de todo, tenemos algo en común —dijo él mientras tomaba el desvío a uno de los clubs de campo más exclusivos del Estado.

Megan creía que no. Los actos de Lucas no tenían otro propósito que su propio placer, mientras que ella actuaba así por imperiosa necesidad. No quería despertar falsas esperanzas, por mucho que a veces sintiera sobre ella todo el peso de la soledad.

Contempló el edificio cubierto de hiedra. Parecía muy caro, el tipo de establecimiento del que hace falta ser socio para entrar.

—No sabía que existía este sitio —dijo ella mientras Lucas aparcaba en el primer sitio que veía.

—Me lo ha recomendado Dan. He pensado que tú ya lo conocías.

Megan se puso tensa. Si Daniel frecuentaba sitios como aquél, no le extrañaba que tuviera problemas. Se sintió hundida, aunque se las arregló para que la sonrisa no desapareciera de sus labios.

—Debe traer aquí a los clientes potenciales. Ahora me explico por qué es tan abultada su cuenta de gastos.

Por dentro, no tenía ganas de bromear. Sospechar en qué clase de sitios estaba derrochando el dinero su hermano era una cosa, descubrirlo, otra.

Lucas la tomó del brazo cuando salieron del coche, pero no hizo ademán de querer entrar inmediatamente.

—Te has quedado muy callada. ¿Pasa algo malo?

Megan quiso gruñir. ¿Nunca se le escapaba nada?

—Me estaba maravillando de las molestias que te has tomado para cenar conmigo.

—¿Te he impresionado?

—Me he quedado sin respiración —dijo ella, riendo.

—Bien. Eso significa que me veré libre de tus agudezas durante un rato —se quejó él con tono lastimero, lo que provocó la sonrisa de Megan.

—¡Qué grosero! ¡Por no decir que es una falta de caballerosidad! —replicó ella, recuperando el brillo que habían perdido sus ojos.

—Tienes la facultad de hacerme olvidar que soy un caballero. No obstante, tranquilizaré mi conciencia sabiendo que hay ocasiones en las que distas mucho de ser una dama.

Megan sospechó que allí había un doble sentido, pero decidió ignorarlo.

—Tienes que saber que dejé de subirme a los árboles hace años.

—Es una pena. Me encantaba verte las piernas con

aquellos pantalones cortos que te gustaba llevar. Tenías unas piernas como para morirse.

Megan sintió que aquellas mismas piernas se transformaban en gelatina. Sabía que él lo había dicho a propósito para ponerla nerviosa. Aun así, le excitó saber que él admiraba sus piernas. Trató de responder algo, pero un hombre vestido de frac se lo impidió.

—Buenas noches, señor, señora. ¿Van a cenar?

Lucas la ayudó con el chal y se lo dio al camarero.

—Tengo una reserva para las ocho y media.

—El restaurante está a su izquierda. Que les aproveche.

El hombre hizo una reverencia y se retiró. De una arcada, les llegó el sonido de una risas.

—Parece que el bar está lleno. Iremos directamente a nuestra mesa, ¿o tienes algo que objetar?

El restaurante resultó ser parte de una sala de fiestas. Con una iluminación discreta, las mesas rodeaban una zona de baile. A lo largo de los muros, plantas y separaciones proporcionaban una sensación de intimidad. Megan pensó que era un lugar perfecto para amantes.

—Tenemos enfriándose el champán que ha ordenado el señor —dijo el camarero en cuanto estuvieron acomodados—. Puedo servirlo ahora, a menos que la señora prefiera otra cosa.

—¿Megan?

—La señora quisiera un *stinger,* por favor.

Lucas se pidió un Manhattan. El camarero asintió, les dejó con un menú forrado y se fue. Megan apoyó la barbilla en las manos. El fenómeno Lucas Canfield estaba a punto de entrar en acción.

—¿Champán, eh? Cualquier chica se sentiría abrumada con todas estas atenciones.

—¡Ah! Pero lo dos sabemos lo astuta que eres, Pelirroja. Cuando se trata de emociones, tu cabeza domina al corazón.

No era una descortesía, para Lucas se trataba de

constatar un hecho. Pero alguien tenía que ser fuerte y al demonio con todo lo demás.

—¿Estás seguro? —dijo ella, mirándolo a los ojos.

—Nunca estoy seguro de las mujeres. Siempre sorprenden.

—¿Incluso yo?

—Digamos que a ti te conozco mejor que a la mayoría, de modo que es poco probable.

—Qué diplomático estás —dijo ella riendo—. Supongo que siempre llevas a tus chicas a sitios como éste, ¿no?

Megan echó un vistazo a su alrededor hasta que se tropezó con la mirada feroz de una rubia teñida que estaba sentada a unas mesas de ellos. Al principio se sorprendió, luego empezó a divertirse.

—Dime. ¿Siempre agitas los viejos rescoldos? ¿Como ésa de ahí? —dijo ella, haciendo un gesto con la cabeza en dirección a la rubia.

—¡Ah! —exclamó él.

Presintiendo problemas, Megan arqueó las cejas. Esperaba una escena de celos.

—Esa es Mona, una amiga de Sonja.

—Ya veo —dijo ella, ensanchando su sonrisa—. Tenías una cita con ella esta noche, ¿verdad? Y la has cancelado diciendo...

Los dientes blancos relumbraron sin el menor asomo de vergüenza.

—Que tenía una cita de negocios.

Megan decidió que la velada ganaba en interés por momentos.

—Y ahora Mona sabe que no es verdad y piensa decírselo a Sonja. ¡Vaya! Tienes un verdadero problema, ¿a que sí? No tenía idea de lo excitante que podía ser la vida libertina —dijo ella, sin disimular su regocijo—. ¿Puedo ayudar en algo? ¿Quieres que me acerque y le explique que sólo somos buenos amigos?

Mirándola con buen humor, Lucas la retuvo.

—Déjalo. Puedo explicarme solo. Sé cómo manejar a las mujeres como Sonja.

La sonrisa de Megan se tornó sarcástica.

—Jamás lo he dudado. El cielo sabe que práctica no te falta.

La réplica de Lucas quedó en suspenso por la llegada de sus bebidas. Tuvo que esperar a que se marchara el camarero.

—Teniendo en cuenta la poca consideración con que tú tratas a los hombres, ¿crees que tienes derecho a criticarme, Pelirroja?

—Yo no utilizo a los hombres como tú a las mujeres, Lucas. Te preocupas menos por ellas que por tu coche —le censuró ella, aunque sólo consiguió que siguiera sonriendo.

—Al contrario. Mi coche es una obra de arte y lo trato en consecuencia.

Megan empezaba a hartarse de comentarios machistas.

—La mujeres somos algo más que cuerpos que se arreglan para que los admiren —empezó.

Pero entonces, captó el brillo divertido en sus ojos y supo que había mordido el anzuelo. Lucas contempló cómo su fogosidad moría.

—Te gusta llevar la voz cantante, ¿eh?

Lucas era tan escurridizo como una serpiente.

—Eso no cambia el hecho de que tu reputación no te da mucho crédito.

—No soy responsable de lo que publica la prensa, ni de lo que tú prefieras creer.

—¿Significa eso que los reportajes sobre tus hazañas han sido deliberadamente exagerados?

—¿Cómo voy a responder a eso sin quedar como un engreído? Digamos que, cuando quiero que una chica ronronee, acaba haciéndolo.

Aunque Megan sabía que la estaba provocando, sintió que un escalofrío recorría su espina dorsal, un esca-

lofrío que no tenía nada que ver con el desagrado. Lucas
tenía una manera de decir las cosas que hacía estragos
en sus sentidos. Tomó un sorbo de su bebida antes de
responder.

—Recuerda, la gata que ronronea también tiene
garras. Algún día te van a arañar.

¡Y ella pensaba estar allí para verlo!

—Algo me dice que no debería acudir a ti en busca
de consuelo cuando llegue ese momento —dijo él divertido.

El camarero se anunció con una tosecilla discreta.

—¿Quieren pedir los señores?

Lucas le quitó a Megan el menú de las manos. Ella
se lo permitió, aunque no acostumbraba a dejar que
pidieran por ella. Lucas pidió los platos en francés.

—¿Siempre le pides la cena a tus chicas? —preguntó.

—Sólo cuando me lo solicitan. No me impongo a
las mujeres de ninguna manera.

Aquello agradó a Megan. En realidad, no creía que
pudiera ser de otra manera. Sin embargo, eso no evitó
que siguiera lanzándole pullas.

—Creí que tenías miedo de que escogiera los platos
más caros.

—¿Lo habrías hecho?

—Admito que me he sentido tentada, pero he decidido
que ponerme enferma me haría más daño a mí que
a tu bolsillo. De modo que si has pedido ostras, salmón
ahumado o caviar, tendrán que volver por donde vengan
porque no me gustan.

Había simpatía en la sonrisa que le dedicó Lucas.

—Relájate, Megan. He recordado que te gustaba el
pescado y he pedido lenguado de Dover.

Megan suspiró. La lista de sus defectos estaba hacién-
dose demasiado corta.

—Hablas muy bien francés.

La expresión de Lucas se suavizó.

—Tuve una buena profesora. Y antes de que lo preguntes te diré que no es lo que tú imaginas. Mi madre era medio francesa y se empeñó en que aprendiera los dos idiomas desde niño. Cuando pasaba las vacaciones con mi abuela, sólo me permitían hablar francés. Por suerte, me resultaba fácil y cuando crecí descubrí que tenía oído para los idiomas. Algo que me ha sido muy útil a la hora de expandir el negocio en Europa.

Megan escuchaba con autentico interés. Recordaba vagamente a una señora elegante que llamaba de vez en cuando preguntando por Lucas.

—Creo que me acuerdo de tu madre. Era muy guapa.

—Y lo sigue siendo, aunque tiene el pelo gris.

—Tus padres se marcharon poco después que tú. ¿No era científico tu padre?

—Era químico. Murió hace varios años y mi madre volvió a Francia. Como mi trabajo me obliga a viajar continuamente, la veo ahora más a menudo que antes. Es feliz, pero echa de menos a mi padre. Tuvieron un buen matrimonio. Les envidio por eso.

Megan se dio cuenta de que cambiaba su expresión y se hacía más tierna. Sintió como si le estrujaran el corazón. Por un instante, vislumbró la clase de matrimonio al que se refería. Se vio a sí misma amando y siendo amada, con risas y niños, con cosas en las que no se permitía pensar. Se sintió tan perdida, que tuvo ganas de llorar. Sólo lo evitó mordiéndose el labio. No tenía tiempo para lamentaciones y para regodearse pensando en lo que podría haber sido. Sólo le quedaban los hechos, los hechos fríos, duros, implacables, los hechos y la fuerza de voluntad para hacer lo correcto.

Y fue su fuerza indomable lo que le permitió levantar su copa con una sonrisa.

—Brindo por las familias felices —dijo ella, inclinando la cabeza y apurando la copa de un trago.

Lucas la imitó, pero su expresión era dudosa.

—Pensaba que ya no creías en esas cosas.

Megan contempló la copa vacía y recordó la conversación que habían tenido la primera noche.

—Pues claro que creo en ellas, pero son para otras personas. Yo trato de mantenerme independiente.

—¿Libre de lastres?

—No te pongas tan negativo. Tú sigues sin ataduras y eres mayor que yo.

—Ya te lo he dicho, todavía no he encontrado la mujer adecuada.

Megan resopló de una manera muy poco femenina.

—¡No será por no haberlo intentado! Vamos, Lucas. ¿De verdad quieres que crea que en el fondo eres un romántico?

Unos ojos azules y relucientes la contemplaron.

—Creo haberte advertido que no sacaras conclusiones precipitadas sobre mí.

—Sí, pero el amor...

—Se dice que mueve montañas.

—¡También la dinamita!

—Ríete si quieres, pero, tanto si lo admiten como si no, todo el mundo necesita amor —dijo él muy serio.

Megan sintió que aquellas palabras se le clavaban dolorosamente en el corazón. Sí, ella necesitaba amor. A veces estaba tan sola, que sólo sentía un vacío doliente en su interior. Entonces recordaba por qué iba a tener que vivir el resto de su vida con aquel vacío y trabajosamente reconstruía sus defensas. Ahora ocultó su resignación tras una sonrisa incrédula.

—¿Incluso tú?

Lucas inclinó la cabeza con gesto grave.

—Incluso yo. Estoy seguro de que, si persevero, algún día acabaré encontrando la mujer con la que quiero compartir mi vida.

Aquella sinceridad era algo contra lo que Megan no tenía armas arrojadizas. Tuvo que admitir que estaba tan conmovida que ni siquiera podía burlarse.

—Espero que la encuentres, Lucas —dijo incómoda,

consciente de que la miraba de una manera extraña—. Me muero de hambre, ¿y tú?

—Gracias —dijo él con voz suave y Megan lo miró sorprendida.

—¿Por qué?

Aquella mirada extraña no había desaparecido de sus ojos, una que Megan no acertaba a identificar.

—Por ser sincera.

Megan se sonrojó.

—Yo... Bueno, has hablado con el corazón en la mano y jamás podría pisotear tus sueños.

—Habrías podido. Me parece interesante que no lo hayas hecho.

—Bien, tampoco saques conclusiones tú. Ha sido un impulso noble. No hagas que me arrepienta.

Megan no quería que él intentara averiguar las razones que la habían movido. Lucas poseía uma mente que pasaba por alto los hechos triviales hasta llegar a lo verdaderamente importante. No le costaría trabajo descubrir el porqué de su armadura y entonces se dedicaría a destruirla para averiguar qué se escondía detrás.

Aquello no debía suceder. Lo que podía ser divertido para él, podía resultar devastador para ella. Su armadura era lo único que tenía y estaba dispuesta a protegerla con el último aliento. No quería la lástima de ningún hombre, en especial la de Lucas.

Capítulo 4

TANTO SI Lucas había captado la indirecta de Megan como si no, resultó ser un compañero de cena ideal. Se dedicó a la tarea de hacer que se relajara y divirtiera, y no pasó mucho tiempo antes de que ella consiguiera recobrar el equilibrio disfrutando de la comida y de la compañía.

La conversación se animó mientras iban de tema en tema. Para su sorpresa, Megan descubrió que tenían los mismos gustos en música y literatura. Bajó la guardia y, por primera vez en lo que se le antojaba una eternidad, se dio cuenta de que estaba divirtiéndose de verdad. Cuando él se lanzó a contarle una serie de anécdotas con un sentido del humor seco y a veces malicioso, la risa brotó de ella fluidamente.

Con una conciencia culpable, Megan también se dio cuenta de que no había reparado en su sentido del humor y de que corría un serio peligro de sucumbir bajo el hechizo de su encanto. Lo peor era que la había conquistado sin intentarlo siquiera, porque Megan Terrell no era más que la hermana de su amigo. Un tostón.

Aquello hizo que se pusiera seria. No necesitaba las complicaciones de una atracción unilateral. Sólo tenía un modo de enfrentarse a aquel problema, ignorarlo. Con el tiempo, moriría de muerte natural por falta de combustible. Que Lucas no sintiera la misma atracción era una ayuda. Una vez consciente del peligro, podía asumir el papel de espectadora y disfrutar del espectáculo sin tener que implicarse.

Cuando llegaron al postre, Megan había recuperado

el sentido común. Con el cerebro a pleno funcionamiento, dejó que Lucas le eligiera un trozo de un pastel de chocolate delicioso mientras reía amargamente. Lucas la miró arqueando las cejas.

—¿Pasa algo malo?

—No, de verdad. Me río porque creo que he descubierto cómo lo haces.

—¿Cómo hago qué?

Con un suspiro prolongado, Megan apoyó la barbilla sobre una mano y le sonrió.

—Atrapar a mujeres que, por lo general, no carecen de inteligencia. Primero halagas su ego con una atención exclusiva, luego las desarmas a base de buen humor y al final las seduces con la delicia sensual de la comida. Muy simple. Muy efectivo.

Megan volvió a sonreírle mientras se llevaba a los labios una cucharada de pastel. No tenía más remedio que admirar la rapidez de su cerebro. Tras un instante de sorpresa, Lucas la contempló con admiración y buen humor.

—No sabía que estuvieras tomando notas.

—Pienso escribir un libro. Ya sabes, algo así como «La seducción, según el método Canfield».

—Estoy seguro de que puedes encontrar un objeto de estudio mejor que yo.

—No hay por qué ponerse tan modesto. Imagino que tienes un índice de fracasos muy bajo —insistió ella, con la intención de desconcertarle.

Sin embargo, cuando se llevaba otra cucharada a los labios, vio que Lucas seguía la maniobra con una intensidad que la extasió, dejándola sin aliento y acelerando su corazón.

Entonces, un diablillo malicioso se apoderó de ella porque, en vez de detenerse, se llevó la cucharilla a la boca y saboreó deliberadamente la textura. Esperó un momento mientras que la excitación se apoderaba de su vientre y entonces lo miró a los ojos. Encontró un humor irónico que él no se molestó en disimular.

—¿Está bueno? —preguntó él con voz insinuante.

—Delicioso —dijo ella mientras se preguntaba si no había perdido el juicio. Esa era la clase de juegos que no se jugaban con un hombre como Lucas.

—Eres una provocativa —dijo él, meneando la cabeza.

—Y tú un conquistador sin escrúpulos.

—Más de uno diría que nos merecemos el uno al otro —dijo él sonriendo.

—Está demostrado que poca gente consigue lo que se merece. Si no fuera así, a ti te habrían frito en aceite hirviendo hace tiempo.

—Eres una criaturita sedienta de sangre, ¿verdad?

Aunque el sentido común le aconsejaba precaución, Megan descubrió que se lo estaba pasando demasiado bien como para detenerse.

—¡Ah, un cumplido! ¿Es obligatorio desmayarse?

—Es opcional. Personalmente, me desagradaría ver cómo te derrumbas sobre el pastel.

Megan tuvo un ataque de risa.

—No te falta razón. Entonces, ¿quizá debiera empezar a ronronear?

Los ojos azules relampaguearon mientras observaban su cara detenidamente.

—Sólo si quieres.

Megan suspiró. Dejó el dulce y se limpió los labios con la servilleta.

—El problema es que nunca he llegado a dominar esa técnica. Tendrás que esperar a que vuelva Sonja.

Lucas no tuvo que reírse. El brillo de sus ojos era prueba suficiente de lo que se divertía.

—No sería lo mismo, pero hay una alternativa. ¿Quieres que te enseñe a ronronear?

—No quisiera que te tomaras ninguna molestia.

—No es ninguna molestia, sería un placer —dijo él con voz aterciopelada.

Megan hizo otro descubrimiento, le gustaba divertirle.

—¡Hum! Eso era lo que yo me temía.

Aquella vez, Lucas sí dejó escapar una carcajada y la observó como si la viera por primera vez.

—¿Qué, te diviertes?

—La verdad es que hacía mucho tiempo que no me lo pasaba tan bien.

Un tanto desesperada, tenía que reconocer que era rigurosamente cierto. Mantener a flote el astillero consumía toda su energía, de modo que le quedaban pocas ganas para salir.

—Lo tomaré como un cumplido, si no te diviertes a mi costa —dijo él en tono sarcástico—. Sin embargo, estoy dispuesto a perdonártelo si bailas conmigo —añadió levantándose.

Megan pensó que debería sentirse ofendida ante la presunción de que ella iba a aceptar, pero no veía motivos para negarse. Le encantaba bailar y todo hacía suponer que él era un consumado bailarín. Además, sólo era un baile. Ella también se levantó.

—No me machaques los pies —bromeó.

—Confía en mí —dijo él sonriendo y mirándola a los ojos.

Lo que más le sorprendió al devolverle la mirada, fue darse cuenta de que sí confiaba en Lucas. Se sentía cómoda entre sus brazos y, en consecuencia, bajó la guardia mientras aumentaba la percepción de sí misma y del hombre que la abrazaba.

Supo en seguida que aquello era distinto. Había bailado incontables veces con la mano sobre el hombro de su pareja, mientras éste la sujetaba por la cintura para guiarla. La habían apretado hasta que el aire no podía pasar entre los dos cuerpos y, sin embargo, nunca había sentido nada igual. Estaba a años luz de ser lo mismo.

La excitación cobró una dimensión enteramente distinta. Despacio, relajó los dedos y sintió la textura de la chaqueta. Lucas era fuerte y poderoso, hacía que ella tomara conciencia de sus propias curvas, del modo en que la apretaba contra sí. Un pequeño suspiro escapó de sus labios cuando se dio cuenta de un hecho fundamental, sus cuerpos se amoldaban a la perfección. Se sentía protegida, acunada, y supo que nada le gustaría más que apoyar la cabeza sobre el hombro que tenía tan cerca, tan invitante. Algo se derramó en su interior y, sin pensar, cerró los ojos y su cuerpo se suavizó fundiéndose contra Lucas mientras evolucionaban al ritmo de la música.

Cuando sintió que una mano se movía lánguida sobre su espalda, quiso volver a suspirar. Nunca se había sentido tan bien.

Perdida en un mundo nuevo, apenas se dio cuenta de que Lucas mascullaba.

—¡Demonios!

Un instante después, alguien chocó con ella desde atrás, haciendo que abriera los ojos. Sólo la rapidez de Lucas impidió que cayera al suelo, pero la sujetó del brazo con tanta fuerza, que Megan supo que tendría moretones al día siguiente. Al mirar a su alrededor, vio que la pista se había llenado sin que ella se diera cuenta.

—¿Estás bien?

Megan asintió.

—¿De dónde ha salido toda esta gente?

Lucas parecía divertirse.

—Sospecho que te has quedado dormida —dijo y frunció el ceño cuando volvieron a empujarles—. Esto está imposible. Será mejor que volvamos a la mesa.

Megan aceptó encantada. La cabeza le daba vueltas mientras se abrían paso entre las parejas. No se había quedado dormida, sino que había viajado muy lejos. Se había sentido tan segura entre sus brazos que, por un momento, había olvidado todos sus temores y preocupaciones. Se dijo que siempre había confiado en él, que no tenía motivos para alarmarse. No debía sacar conclusiones.

Con todo, decidió que había llegado el momento de darse un respiro. Hacía mucho calor, necesitaba refrescarse.

—¿Por qué no pides algo de beber? Vuelvo en seguida —dijo ella mientras se apartaba de él.

Cruzó el vestíbulo atestado de gente. Mientras buscaba la puerta correcta, oyó un estallido de risas arriba. Había un grupo de hombres en el descansillo de la escalera, su hermano estaba entre ellos. Ya sabía que su hermano iba por allí, pero, puesto que la sala de fiestas estaba abajo, ¿qué había arriba que pudiera despertar su interés? Aquélla podía ser la primera pista para averiguar qué le estaba pasando. Cambió de rumbo para dirigirse a la escalera.

Cuando llegó al descansillo, el grupo había empezado a entrar por una puerta a su izquierda. Se apresuró y alcanzó a agarrar a Daniel por el brazo antes de que desapareciera. Él se volvió y su sorpresa se transformó en horror al verla.

—¿Qué demonios estás haciendo aquí? —preguntó conmocionado.

Megan sintió que el alma se le caía a los pies al ver el color ceniciento de su rostro. ¿Que ocurría allí?

—Eso mismo iba a preguntarte yo.

Uno de sus compañeros se había dado la vuelta.

—Vamos, Danny. Déjate de charlas y ven aquí. Esta noche no tenemos tiempo para faldas —dijo lanzándole a Megan una mirada de disgusto antes de desaparecer en el interior.

Megan lo conocía y la antipatía era mutua.

—¿Danny? —repitió ella sin poderlo creer, mientras él se sonrojaba.

—Así me llaman mis amigos.

Teniendo en cuenta que siempre había odiado aquel

diminutivo, Megan estaba sorprendida de que permitiera que le llamaran así.

—Si de verdad fueran tus amigos, sabrían que odias ese nombre.

—No empieces, Megan. Sólo es un nombre, ¿Por qué voy a dejar que me estropee la diversión?

—Se supone que nos divertimos para ser felices, Daniel, no así. ¿No quieres venir a casa y contarme qué anda mal?

Daniel apretó los dientes.

—Nada va mal. ¿Cuántas veces tengo que decirte que mi vida es asunto mío?

Megan supo que tenía que dominar su cólera creciente con razonamientos.

—No es sólo asunto tuyo. Estás despilfarrando todo lo que nuestra familia consiguió con muchos esfuerzos.

Un rubor culpable manchó la mejillas de Daniel.

—¿Y qué? El astillero es mío ahora, puedo hacer lo que quiera con los beneficios.

Eso le recordó a Megan algo que no había tenido tiempo de decirle. Había esperado encontrar un momento más propicio, pero el tiempo apremiaba.

—Ya no habrá más beneficios. El alemán canceló su pedido.

Hubo un segundo en el que Daniel pareció tambalearse, pero se recobró. Sólo su voz traicionó un ligero temblor.

—Está en su derecho.

—¡Y te quedas tan ancho! —preguntó ella, furiosa y desesperada.

Daniel soltó una carcajada forzada e hizo un gesto con la mano.

—Pierdes el tiempo tratando de que me sienta culpable, Meg. Supongo que habrá sido Lucas quien te ha traído aquí. ¿Por qué no lo buscas y dejas de espiarme?

Dándole la espalda, se metió en la habitación y cerró

la puerta. Megan se la quedó mirando en silencio. Tenía la mente llena con la imagen de las mesas de juego concurridas que había alcanzado a ver. ¡Juego! Se le heló la sangre en las venas y empezó a temblar. Daniel no sólo estaba viviendo por encima de sus posibilidades, estaba jugando. Estaba enganchado y, al igual que tantos otros jugadores, esperaba que un golpe de suerte le hiciera recobrar sus pérdidas. El problema era que no sólo se estaba hundiendo él, sino que la arrastraba consigo a ella.

Aunque Daniel no lo sabía, ella había invertido su dinero en el astillero, de modo que le quedaba poco de su parte de la herencia. Pero había algo más, algo mucho más grave. Si tenía razón y Daniel estaba enganchado, había que tratarlo como a un enfermo, necesitaba ayuda y ella no sabía cómo dársela, aun suponiendo que la aceptara. Lo único que Megan sabía era que aquello estaba más allá de su alcance.

Bajó las escaleras con pasos inseguros y encontró el lavabo sin dificultad. La frescura de aquella habitación de color melocotón fue un refugio. Megan humedeció algunas toallas de papel y se sentó frente al espejo del tocador, aplicándoselas sobre las mejillas acaloradas. Pensó sombríamente que, si fuera una mujer que se dejara llevar por la histeria, ya estaría en el suelo y pataleando. De repente se sentía muy cansada.

—¿Has descubierto que Lucas es demasiado ardiente para ti? —dijo una voz amarga y desafiante a su lado.

Megan abrió los ojos y se encontró con que Mona estaba sentada a su lado. Presintió que habría problemas. Sabía que lo razonable era marcharse, pero nunca había rehuido un enfrentamiento. El tocador estaba vacío, sólo estaban ellas dos. Abrió el bolso y sacó la barra de labios.

—En absoluto. Siempre he sido capaz de manejar a Lucas —dijo con voz dulce.

Mona arrimó su silla un poco más.

—Nunca podrás quedártelo. ¡No tienes lo que hay que tener!

Megan sintió que le hervía la sangre, pero le dedicó una sonrisa tórrida.

—Es curioso, hasta ahora no se ha quejado. Lucas parece más que satisfecho.

¡Vaya una gente encantadora que conocía! La cara de Mona perdió todo el encanto que hubiera podido aparentar.

—Escucha, zorra. Te lo advierto. Apártate de él. Lucas es de Sonja y Sonja es amiga mía.

Mucha gente podría haberle dicho a Mona que acababa de cometer un error. Megan se puso pálida de ira. Jamás la habían llamado «zorra». ¿Quiénes se creían que eran las Monas y las Sonjas de este mundo para hablarle de esa manera? Alzó la barbilla con gesto beligerante. Si aquella mujer buscaba pelea, la tendría.

—¿De verdad? ¿Lo sabe él? Siempre me ha dado la impresión de que Lucas era su único dueño.

Un rubor delator ardió en las mejillas de la otra mujer.

—Le has engatusado. No hay otra explicación para que haya roto una cita con Sonja y haya salido contigo. Escúchame bien. Puede que te tenga esta noche, pero eso es todo lo que vas a conseguir —la amenazó.

—Lo que es más de lo que tú tendrás nunca. Lo quieres para ti sola, ¿no? Apuesto a que ni siquiera se ha dignado mirarte, ¿eh?

Megan supo que había dado en el blanco cuando la otra mujer se puso pálida.

—¡Perra! —masculló Mona, saliendo airadamente del tocador.

Megan respiró enfadada. Había sido desagradable, pero se alegraba de haberle parado los pies a aquella mujer. Sólo de imaginar a Lucas con Mona se le revolvía el estómago. Gracias a Dios que él tenía mejor gusto, aunque Sonja tampoco era como para deshacerse en halagos. ¿Qué veía en ellas, o era también una pregunta ingenua? Frunció los labios. Seguramente. Bueno, a ella no le importaba, no le interesaba Lucas. Sólo había sido un caso de defensa propia.

Se negó a escuchar la vocecita incómoda que le acusaba de haber disfrutado demasiado aplastando a Mona como para no tener ningún interés en él. Guardó la barra de labios y volvió a la sala de fiestas.

Se detuvo en la puerta, pero no tuvo dificultad en encontrar a Lucas. Tenía el desconcertante presentimiento de que siempre sabía dónde hallarlo, incluso en una sala abarrotada de gente. Cuando se acercó, se dio cuenta de que hablaba con la mujer que había en la mesa de al lado. No, por cómo reía la mujer, estaba coqueteando. ¡No podía dejarlo solo ni cinco minutos!

La rabia hizo que apretara el paso hasta que la vocecita quiso saber qué estaba haciendo. ¿Por qué demonios se enfadaba? Lo que Lucas hiciera no era asunto suyo. Una sonrisa apareció en sus labios cuando volvió a analizar la situación.

Como si presintiera que lo estaba mirando, Lucas se dio la vuelta y encontró sus ojos verdes y burlones. Debió leer algo en ellos porque alzó las cejas con un gesto interrogante.

«Acabo de soportar una escena desagradable por tu culpa y ahí estás, flirteando con la que tienes más a mano», pensó ella. Megan dejó el bolso sobre la mesa y se sentó.

—Yo de ti tendría cuidado esta noche, las navajas están en alto —dijo irónicamente mientras miraba con frialdad a la rubia que todavía esperaba atraer la atención de Lucas.

La mujer no tardó en mirar a otra parte. Lucas apretó los labios.

—Te has peleado, ¿verdad? Me preguntaba por qué tardabas tanto —dijo él con una voz poco convincente.

Megan levantó su copa y se preguntó si tirársela

a la cara o bebérsela. Decidió que beber le sentaría mejor, aunque no fuera tan divertido.

—Acabo de tener una conversación de lo más interesante con la amiga de una amiga tuya.

Lucas se quedó paralizado en el acto de llevarse la copa a los labios.

—¡Ah! Presiento que Mona ha hecho de las suyas. Será mejor que me cuentes lo que ha pasado.

—Me ha advertido que me aparte de ti en unos términos que no dejan lugar a dudas —dijo ella con la amabilidad de una tigresa rabiosa.

—Lo siento, tendría que habérmelo imaginado. No deberías haber pasado por esto. Mona se toma las cosas demasiado en serio.

«Vaya, vaya, vaya. Nunca habría pensado que Lucas saliera en defensa de Mona», pensó.

—No importa. Sé defenderme solita.

—Estoy seguro de que sí —dijo él con un humor irónico.

Megan se echó a reír.

—He estado a punto de decirle que no eras tan buen partido.

—Me sorprende que no lo hicieras.

Megan lo miró seriamente.

—Sinceramente, dudo que me hubiera creído. Deslumbras con tu brillo a gente como Mona y Sonja. Tendrán que aprender, tarde o temprano, que no es oro todo lo que reluce.

Lucas se rió dura y cínicamente.

—No esperan encontrar oro. Mientras los diamantes sean auténticos, no se quejan.

—Eso es lo más mercenario que he oído en mi vida.

—Resulta que es verdad. Soy un hombre muy rico, con fama de ser generoso cuando termino con mis aventuras. Para las mujeres como Sonja, una aventura conmigo es como un seguro para los malos tiempos.

Megan sintió escalofríos.

—Si sabes que te consideran una especie de póliza. ¿cómo puedes salir con ellas?

—Como norma, evito a las Sonjas del mundo como si fueran la peste. Mis relaciones siempre han sido con mujeres que me gustan y respeto, que saben tan bien como yo que la aventura durará mientras sea beneficiosa para ambos. Sigo siendo amigo de todas.

Sonaba razonable, aunque demasiado frío. Pertenecía a un mundo distinto que Megan no sentía deseos de conocer.

—Entonces, ¿por qué sales con Sonja, si tan poco te gusta?

Para su sorpresa, Lucas parecía desconcertado.

—Era la azafata en el vuelo desde Hong Kong cuando vine el mes pasado. Necesitaba una acompañante para asistir a una fiesta benéfica y ella estaba libre aquella noche. Es una chica divertida, salimos un par de veces. Cuando supe que iba a venir aquí, me preguntó si podía traerla. Su familia vive cerca. Se suponía que eso iba a ser todo.

Megan tuvo que morderse los labios para no reír a carcajadas. Lucas no parecía muy feliz con cómo habían salido las cosas. Sonja no era la rubia estúpida que él creía, tenía unas garras afiladas y pretendía clavárselas a conciencia.

—¡Algo me dice que Sonja tiene otras ideas! —comentó ella alegremente, ganándose una mirada fulminante de Lucas.

—Te parece divertido, ¿verdad? —gruñó aunque acabó riendo a regañadientes—. Por desgracia, tienes razón. Me temo que tendré que librarme de ella.

—¿Crees que será tan fácil?

—Seguramente no. Habrá alguna escena. ¿Quieres venir a verla? Estoy seguro de que lo pasarás en grande. Bueno, pensándolo mejor, iré solo.

—¡Aguafiestas!

—Ya sé que te gustaría ver sangre, sobre todo la

mía. Esta vez tendrás que conformarte. ¿Nos vamos?

Megan lo estaba deseando. Había sido una noche extraña, como montar en una montaña rusa, con sus subidas y bajadas. Lucas pagó la cuenta y fueron a recoger el chal. Cuando él se lo puso sobre los hombros, Megan bostezó.

—¿Tienes sueño?

—Un poco, pero me he divertido mucho —confesó ella, un tanto sorprendida.

Lucas se dio cuenta.

—Aunque, en realidad, no te lo esperabas.

—Bien, debo reconocer que efectivamente no me lo esperaba. Siempre discutimos cuando nos vemos.

Lucas le abrió la puerta y ella entró en el coche. Dio la vuelta, se sentó en el asiento del conductor y encendió el motor.

—¿Nunca te has preguntado por qué?

—No, aunque imagino que tú tendrás alguna teoría maravillosa —dijo ella sonriendo.

—Nos peleamos, Pelirroja, porque nos gusta. Para ti, ¿qué significa eso?

—¿Que los dos somos masoquistas? —preguntó ella mientras la oscuridad los envolvía como un guante.

—Es el picante de nuestra relación.

Megan se encontró mirándole las manos. Los dedos eran largos y capaces mientras maniobraba el volante con un control perfecto del automóvil. Aquellos dedos tenían que moverse con la misma pericia sobre la piel de una mujer, haciendo que cobrara vida, llenándola de placer.

Alarmada por el cariz que estaban tomando sus pensamientos, Megan se sentó más derecha. Aquellas ideas estaban fuera de lugar, sobre todo relacionadas con Lucas.

—Tu teoría sólo tiene un punto flaco, no tenemos ninguna relación.

—Aún no —dijo él, sin apartar la mirada de la carretera.

Megan empezó a sentirse nerviosa. ¿Qué significaba aquello? si Lucas insinuaba que ella estaba disponible, iba a pararle los pies de inmediato.

—Jamás. No quiero tener una relación contigo.

—Y yo tampoco contigo —dijo él riendo.

Sin embargo, eso no la tranquilizó. Hicieron el resto del camino en silencio. Aunque Megan no quería, estaba pendiente de todos los movimientos de Lucas. Tenía una buena razón para no involucrarse con nadie, pero jamás consentiría en ser el último juguete de Lucas. Cuando el coche se detuvo frente a su casa, le sonrió con frialdad.

—Gracias por una velada encantadora.

Habría abierto la puerta si Lucas no se hubiera apresurado a detenerla.

—Todavía no ha acabado.

Megan contuvo la respiración. Él estaba muy cerca. Era imposible distinguir el color de sus ojos, pero podía ver el brillo. El coche parecía crepitar cargado de electricidad.

—¿Qué quieres decir?

—Que creo que debería proporcionarte un poco más de información para tu libro —dijo él con una voz que era como una caricia sobre la piel.

Justo cuando más la necesitaba, su agudeza pareció desaparecer.

—¿Qué libro?

Megan pudo sentir cómo sonreía Lucas.

—¡Hum! Ya sabes, «La seducción, según el método Canfield» —dijo mientras le acariciaba un mechón de pelo que caía sobre su mejilla.

Megan se sobresaltó y maldijo el impulso que le había hecho gastarle aquella broma.

—Creo que ya nos hemos documentado lo suficiente por esta noche —dijo ella sin aliento.

Otra vez intentó abrir la puerta, pero Lucas no se rendía tan fácilmente. Lo único que Megan consiguió fue quedar tan cerca de él que podía sentir su aliento en la cara. Sintió un nudo en la garganta. Era de noche y estaban solos. Sólo tenía que moverse unos centímetros para que sus labios se tocaran. Una vocecita en su cabeza le preguntaba si realmente sería tan malo. Sus instintos de supervivencia clamaban que sería catastrófico.

—Discrepo. Creo que debería besarte. Solamente en interés de la ciencia, por supuesto.

Megan jadeó y, cuando se movió para mirarlo a los ojos, Lucas la besó en los labios. Su primer impulso fue resistirse. Levantó una mano para apartarlo, pero acabó aferrada a su hombro cuando unas sensaciones tórridas y dulces surgieron a la vida en la boca de su estómago. Megan sintió que se quedaba sin fuerzas. La cabeza le daba vueltas. Toda sus defensas se vinieron abajo lastimosamente, la había desarmado con el roce tentador de sus labios, invitándola a participar con las caricias suaves de su lengua.

Como un buceador privado de aire demasiado tiempo, las emociones que llevaban tanto tiempo reprimidas lucharon por salir a la superficie. La sensación de peligro quedó anegada bajo una oleada de sensualidad. De repente, Megan fue incapaz de pensar, sólo podía sentir que volvía a la vida y anhelaba aquella resurrección con una avidez que la hizo gemir mientras las caricias se prolongaban. La cabeza cayó hacia atrás y ya no hubo para ella más opción en el mundo que abrirle los labios e invitarle a que profundizara su beso.

Con un gruñido de satisfacción, Lucas abrió la boca sobre sus labios, introduciendo una lengua posesiva. La piel de Megan se encendió con un fuego al rojo vivo. Sólo era consciente de los movimientos de aquella lengua y de la necesidad de responderle, de trabarse en duelo húmedo con ella. Cerró los ojos mientras dejaba que su cuerpo se fundiera contra él. Sus suspiros llenaban el aire.

Ante su capitulación. Lucas cambió de posición, atrayéndola hacia sí hasta que la tuvo en su regazo. Megan sentía que todo su cuerpo palpitaba mientras se movía contra él buscando más. Lucas gimió y ella sintió que su erección le espesaba la sangre. La exploración sensual se convirtió en exigencia. Megan se aferró a él con el brazo libre mientras le respondía salvajemente, algo desconocido para ella que sin embargo formaba parte integral de su naturaleza.

Un beso siguió a otro con una intensidad devastadora. Lucas había trazado una senda ardiente sobre su espalda hasta la curva lujuriosa de sus nalgas, deteniéndose al encontrar la piel al borde de su vestido. Entonces, lentamente, empezó a levantar la mano de nuevo hasta que encontró sus senos. Megan gimió mientras él la acariciaba con la palma de la mano y su pezón se erguía hasta convertirse en una cúspide anhelante. No era suficiente. Quería que la tocara y, como si Lucas le hubiera leído los pensamientos, comenzó a bajarle los tirantes para quitarle el corpiño.

Sin embargo, en vez de administrarle las caricias que ella tanto deseaba, Lucas apartó los labios de su boca y los enterró en su cuello con un gruñido. Sintiendo que le habían arrebatado algo, Megan luchó por respirar.

—¿Lucas? —dijo, mientras se preguntaba por qué se había detenido.

—Creo que esto se nos está yendo de las manos —dijo él—. Si no me detengo, acabaremos haciendo el amor en el coche y no hago eso desde que era adolescente.

Megan recobró la cordura entonces. Como una marea de hielo, disipó su ardor y la dejó fría y perpleja. ¿En qué estaba pensando? De repente, tuvo conciencia de que estaba aferrada a él y, con una exclamación desesperada, volvió torpemente a su asiento. Mientras se arreglaba el vestido, tuvo que tragar varias veces saliva para poder hablar.

—¡Tonterías! Yo no habría llegado tan lejos —dijo con voz ahogada.

—¿Ah, no? —la retó él—. Yo no quería parar y, si fueras sincera, reconocerías que tú tampoco.

Megan no podía negarlo, el cuerpo todavía le palpitaba anhelante. Supo que si él volvía a tocarla, sería incapaz de resistir. Lo desinhibido de su respuesta la asombraba tanto como su incapacidad para controlarse. El control era la vida entera para ella.

Luchó por recuperarlo y logró un éxito parcial. Con eso, se encontró pisando un terreno seguro.

—Bueno, ahora sí que nos hemos documentado suficientemente.

Lucas se rió.

—Si hay algún detalle que no te haya quedado bastante claro, podemos volver a repasarlo.

—No, gracias —dijo ella, sintiendo que volvía a acelerársele el pulso—. He conseguido más de lo que esperaba.

—Estoy de acuerdo. Es hora de darme una ducha fría. No es que me sorprenda, era algo anunciado.

—¿Qué quieres decir?

—No tiene sentido fingir que no ha pasado nada, Pelirroja. Nos hemos atraído desde el momento en que volvimos a vernos.

Megan se quedó con la boca abierta. Sí, ella había sido consciente, pero, como una idiota ingenua, no se había dado cuenta de que Lucas sentía lo mismo. Después de haberse derrumbado entre sus brazos, negarlo le haría sentirse aún más idiota.

—No tendría que haber sucedido —dijo ella hoscamente.

—¡Cuéntamelo a mí! Me quedé de piedra al darme cuenta de lo mucho que me atraía la chica que se había burlado de mí durante años.

—Entonces, ¿por qué no te acuerdas de eso y me dejas en paz? —atacó ella.

Sabía que era injusto echarle la culpa a Lucas, pero sólo así podía salvar su orgullo. Lucas negó con la cabeza.

—Porque haces que se me desboque el corazón y me arda la piel. Soy un hombre, no una máquina. Te deseo, Pelirroja. Tanto como tú a mí.

Megan lo miró sabiendo que era verdad. Nunca había sentido un deseo tan arrebatador, todavía temblaba. Pero eso sólo sirvió para que quisiera recuperar con ansias renovadas el sentido común. Quizá era verdad que lo deseaba, pero no estaba dispuesta a aceptarlo. Tenía que dejárselo bien claro.

—Pues tendrás que quedarte con ese deseo, porque no vamos a llegar más lejos —dijo crispada mientras abría la puerta.

Lucas no trató de detenerla.

Megan bajó del coche, cerró de un portazo y subió corriendo los escalones. Las piernas amenazaban con fallarle. Necesitaba desesperadamente estar a solas para poder pensar. Cuando llegó a su habitación como un conejo asustado, se dejó caer sobre el suelo de madera.

¡Dios! Tenía verdaderos problemas.

Capítulo 5

MEGAN ANDUVO arriba y abajo por su habitación, sin lograr controlar sus nervios. Antes se había duchado, en un vano intento de relajarse. Incapaz de dormirse, se había puesto a pasear.

¿Qué demonios le había pasado para responderle a Lucas con tanto abandono? La atracción no era nada nuevo para ella, más de una vez la había ocultado y reprimido. Había intentado resistirse, pero no había sido capaz. En el instante en que él la tocó, ella se había quedado sin fuerzas, poseída por un deseo tan irresistible que ni siquiera había pensado en decir que no.

Apoyó la frente contra la pared y gimió. Por eso tenía problemas, porque nunca había sentido una atracción tan devastadora hacia ningún hombre. Había creído que tenía control absoluto sobre su vida porque los había rechazado sin esfuerzo. Pero no había comparación, había sido fácil olvidarles porque no podían hacer que perdiera la cabeza como Lucas. Un beso había bastado para que él le demostrara lo mucho que se equivocaba. Megan no había deseado a los otros, pero sí a Lucas. Era como un dolor en sus entrañas, como un vacío que sólo él podía llenar.

Lo más terrorífico, sin embargo, era darse cuenta de que podía tenerlo porque Lucas también la deseaba. Aquella confesión la había asustado y conmovido al mismo tiempo. Saber que la atracción era recíproca hacía que temblara incluso en aquel momento.

Por primera vez en su vida se enfrentaba a una verdadera tentación y una parte de su ser quería sucumbir.

Lucas era peligrosamente seductor, tremendamente atractivo. Estaba acostumbrado a que las mujeres se sintieran atraídas hacia él, estaba acostumbrado a explorar aquellas sensaciones. Probablemente pensaba que ella también. Pero no era así.

Se dejó caer sobre los cojines de la ventana. Aquella noche la había puesto en conflicto directo con sus propias reglas. Lucas la transportaba a unos lugares que sólo él conocía y Megan sabía que sólo tenía que hacer un gesto para que lo que había empezado aquella noche continuara hasta el fin. Y, aunque una parte lasciva de ella lo estaba deseando, la más sensata le recomendaba cautela.

Se preguntó si merecía la pena destruir la paz que tanto le había costado conseguir por los placeres fugaces de la satisfacción sexual. La respuesta estaba clara, no. Con la cordura, empezó a relajarse. La realidad helada le produjo escalofríos. Había descubierto que no era la persona que creía ser, aunque nada más había cambiado. El sexo no era la respuesta. Lo sabía por experiencia y debía luchar contra aquella atracción inesperada hasta vencerla.

Sabía que no sería fácil volver a enfrentarse a Lucas. No podía fingir que nada había pasado, pero podía asegurarse de que no volviera a pasar. De ahora en adelante, mantendría las distancias y Lucas entendería el mensaje. Megan no estaba disponible para que él se divirtiera.

No vio a Lucas sino hasta dos días después porque sus negocios le reclamaron. Aunque era una cobardía, Megan agradeció el respiro. No le gustó tanto el hecho de que Daniel estuviera cada vez más esquivo y huraño, de modo que tampoco tuvo oportunidad de hablar con él.

Así estaban las cosas cuando volvía al astillero tras una reunión deprimente con el director de su banco.

Había bajado las ventanillas para refrescarse. Daniel habría debido asistir, su ausencia había enojado al director, pero como tampoco había aparecido a dormir, como de costumbre, Megan había tenido que encargarse del trabajo. Tampoco ella había acudido con un espíritu especialmente negociador. Sin embargo, se las había arreglado para convencerle de que ampliara el plazo de su crédito.

Una pequeña victoria, pero que le había dado ánimos. Se quitó la chaqueta, la dejó en el asiento de atrás y se remangó la blusa antes de arrancar el coche.

Era un día hermoso con la brisa perfecta para navegar. A su izquierda, podía ver un navegante solitario surcando el río y envidió su libertad. Un kilómetro adelante, en una curva del camino, pudo verlo mejor. Entonces se dio cuenta de que era el bote de Daniel. Se alejaba de ella, pero debía dirigirse al embarcadero que había en la desembocadura del arroyo.

Megan no se detuvo a preguntarse qué estaba haciendo allí a esas horas. Tenía que hablar con él y quizá no se le presentara otra oportunidad. Pisó el acelerador para llegar a la playa antes que él.

El coche de Daniel no estaba allí, pero podía haber embarcado en la casa. Ignorando la nave donde Ted ya debía estar trabajando, atajó por la senda que llevaba a la playa. Al oírle silbar, supo que Daniel había llegado antes. Pero cuando los árboles le dejaron ver, se dio cuenta de que no era su hermano, sino Lucas. Debía haber regresado mientras ella estaba en la ciudad.

Él no la oyó llegar, algo de lo que Megan se alegró porque así tuvo tiempo de recuperar el aliento. Con vaqueros, con la camisa de cuadros atada a la cintura, el pelo revuelto y las mejillas encendidas, Lucas era la viva imagen de la vitalidad. Ocupado con la vela, se movía con una gracia masculina instintiva, irradiando fuerza y confianza en sí mismo.

Una sensación de vulnerabilidad se adueñó de ella.

Megan se encomendó al cielo al darse cuenta de que Lucas la llamaba con su cuerpo como ningún hombre la había llamado nunca. Tuvo que admitir que contemplarlo le proporcionaba un placer inmenso. Le dolía la garganta, la sangre le hervía en las venas. Megan no alcanzaba a explicarse cómo aquel hombre podía hacer que se sintiera tan increíblemente viva, que la tentara tanto como para que se planteara romper sus propias normas.

Megan no lo sabía, sólo tenía conciencia de que eso le hacía aún más peligroso. Necesitaba mantener las distancias y se dio la vuelta para marcharse.

—¿Has visto algo que sea de tu agrado?

La pregunta de Lucas flotó en el aire e hizo que ella se diera la vuelta otra vez. Se ruborizó al darse cuenta de que él la había descubierto desde el principio. Pero, sí, le había gustado mucho lo que había visto, incluso demasiado.

—Te he confundido con Daniel —se defendió ella.

Lucas la miró con una leve sonrisa en los labios.

—Sí, los primeros dos segundos. Pero no te preocupes, a mí también me gusta mirarte. Eres un deleite para los ojos.

Las llamas de sus entrañas se avivaron. No debería gustarle aquel cumplido, pero sus sentidos se negaban a cooperar con su cerebro. Siempre que estaba cerca de él, dejaba de pensar como un ser humano y se convertía en una masa de emociones ardientes.

Lucas terminó su tarea y pasó al embarcadero. Tenía un aspecto tan seductor, que Megan deseó que se pusiera la camisa y ocultara la tentación a sus ojos. Como eso no parecía probable, decidió que tenía que dejar bien clara su postura.

—Basta ya, Lucas. No me interesa.

—La otra noche sí que te interesaba —dijo él, mirándola con ojos penetrantes.

—No intentes esos jueguecitos conmigo, Lucas. No estoy de humor —replicó Megan.

Sin embargo, a ella misma le sonó petulante. Tampoco funcionó. Lucas clavó en su cuerpo sus ojos azules e inclinó la cabeza en un gesto incitante.

—Conozco un medio seguro de ponerte de humor. ¿Quieres que lo probemos? —invitó él, acercándose un paso.

Megan esperaba que bromeara con ella, pero estaba siendo deliberadamente provocativo. De repente, con un escalofrío, supo que la había estado esperando. Sabía de antemano que ella iría a negarlo todo y él estaba allí para impedírselo. Quizá no allí, en aquel momento, pero sí alguna vez. Aquella noche había despertado al cazador y, a menos de que pudiera convencerle de que seguía la pista equivocada, Lucas utilizaría todos sus recursos para atraparla. No importaba que su propia lascivia fuera un impedimento para ella, eso sólo servía para que Lucas estuviera más decidido a ganar.

—No, no quiero probarlo. Estás siendo ridículo. Recuerda que esto no debería ocurrir.

—¿Es eso lo que haces tú? —preguntó él, arqueando las cejas en un gesto burlón—. ¿Te funciona?

Aquello golpeó su confianza en sí misma en el punto más débil. Porque, por mucho que lo intentara, por mucho que se recordara la distancia que las normas la obligaban a mantener, no estaba dando resultado. Incapaz de sostenerle la mirada, bajó los ojos. Él se rió suavemente. Megan se dio cuenta de que se había descubierto y retrocedió algunos pasos.

—Te dije la otra noche que no iríamos más lejos.

—Mírame a los ojos para decirme eso.

Megan alzó la cabeza airada, pero descubrió que él estaba mucho más cerca de lo que pensaba. Un nudo le cerró la garganta impidiendo que pronunciara las palabras. Lo miró desamparada mientras todos sus sentidos se rebelaban en respuesta a su proximidad. Lucas podría haber dicho cualquier cosa, pero, para su sorpresa, sus labios se contrajeron en una sonrisa irónica.

—Conozco esa sensación —dijo él en voz baja.

Megan se dio cuenta de que estaba tan desconcertado como ella. Sin embargo, también estaba claro que quería seguir adelante, explorar y ver adónde les llevaba todo aquello.

—Es extraño el modo en que suceden las cosas —dijo él, pasando a su lado y yendo a apoyarse en el árbol más cercano.

Megan tenía la sensación de que aquello no era real. En cierto modo, envidiaba lo cómodo que Lucas se sentía con su sexualidad, pero ella no podía permitirse esos lujos. Megan tenía buenas razones para no complicarse ni con él ni con ningún otro, y eso no había cambiado.

—No tengo nada que ofrecerte, Lucas —dijo ella con toda la firmeza que pudo.

—Deja que sea yo quien decida eso.

Megan se ruborizó otra vez cuando aquellos ojos azules la sometieron a una inspección detallada. Su mirada era como una caricia destinada a provocar una reacción y su cuerpo respondió sin que ella pudiera evitarlo. Megan sintió que sus pezones se endurecían. No se atrevió a cruzar los brazos sobre el pecho porque hubiera supuesto reconocer el estado de excitación en que se encontraba.

Sin embargo, cuando él dio por concluido el escrutinio fue obvio que lo sabía.

—He soñado contigo todas estas noches.

Megan sabía que le había dado razones de sobra para creer que ella deseaba que la sedujera, lo que significaba que estaba librando una batalla perdida. Con todo, no podía abandonar sin hacerle aceptar que estaba decidida a no ir más lejos. Hasta ese momento, sólo había divagado, tenía que recuperarse y luchar contra aquella reacción indeseable hasta el último aliento. Le hubiera servido de ayuda que él se pusiera la camisa, pero sabía que sólo conseguiría darle más municiones al mencionarlo.

—Las pesadillas pueden ser terribles —dijo ella con un asomo de su antiguo valor, pero él le sonrió tan seductoramente que se quedó sin aliento.

—¿Me habrías consolado, Pelirroja?

Megan se echó a temblar cuando él la miró fijamente a los labios. Tenía las palmas de las manos húmedas. Lucas sabía cómo trabajar, lenta, pero inexorablemente.

Se obligó a recordar que él tenía demasiada práctica, que ella sólo era una más en una lista muy, muy larga.

—Te habría echado un buen jarro de agua fría antes de dejarte para que te las apañaras solo.

Lucas se echó a reír. Eso tampoco la ayudó porque le gustaba demasiado el sonido de su risa. Además, parecía tan despreocupado que ella estuvo tentada de reír con él. ¡Aquello era una completa locura!

—Creo que discutir contigo es como una adicción —dijo él, cuando consiguió calmarse.

Megan quiso gritar. Eso no era lo que ella quería oír. En vez de conseguir sus objetivos, todo lo que decía se volvía contra ella.

—¡Lucas, sé razonable!

—Hay un tiempo y un lugar para ser razonable, pero no es éste. Nos gustamos, Megan.

—No quiero que esto suceda.

—¿Crees que podemos elegir? —dijo él con una sonrisa desdeñosa.

Megan tragó saliva. Lucas hacía que pareciera como... si estuviera escrito. Como si los dioses hubieran hablado y ellos no tuvieran nada que decir. Tembló y cerró la mente ante la parte más primitiva de sí misma, la que quería reconocer la verdad de aquellas palabras.

—Naturalmente que podemos elegir. Podemos fingir que nunca ha sucedido.

Lucas se apartó de árbol y avanzó hacia ella con

paso felino. Megan retrocedió instintivamente hasta que otro árbol bloqueó su retirada. De repente, no tenía dónde ir, sólo le quedaba esperar a que él se le acercara. Megan contuvo el aliento cuando él le acarició el labio inferior.

—¿De verdad podrías, Megan? Creo que yo no. Ya te lo he dicho, no he dormido muy bien estos últimos días.

Megan sintió aquella caricia en cada célula de su ser, era como si él la poseyera por entero. No podía moverse de donde estaba y eso la asustaba porque significaba que, con unos cuantos besos, Lucas había hecho brotar una fuente de sensualidad que ella ignoraba poseer. Tenía la sensación de estar atrapada en arenas movedizas. No sabía cómo luchar para liberarse, sólo sabía que debía hacerlo, y eso le dio las fuerzas suficientes como para apartar la cara de su mano. Era un pequeño éxito y ella se apresuró a sacarle partido.

—Quizá deberías llamar a Sonja —dijo ella, tratando de sonreír sin acabar de conseguirlo.

—Me temo que Sonja no serviría para nada. Verás, en lo único en lo que he podido pensar ha sido en la dulzura de tus labios.

—Sólo fue un beso, Lucas. Nada especial.

Sin embargo, al pasarse la lengua por los labios resecos, percibió su sabor. Lucas siguió el gesto con la mirada y gimió débilmente.

—Si eso es verdad, ¿no te importará volver a besarme, eh? Sólo para estar seguros —la desafió.

Apoyó las manos en el árbol a ambos lados de ella, atrapándola entre sus brazos. Megan tenía dificultades para respirar. Quería escapar de allí, pero no se atrevía a tocarlo por miedo a que sus manos la traicionaran.

—¡Maldito seas, Lucas! ¡Deja que me yaya o te doy un bofetón! —gritó ella desesperada.

—Eso no es lo que te gustaría hacer. Niégalo todo lo que quieras, pero los dos sabemos que ocurrió algo muy especial esa noche y desde entonces sólo he soñado con besarte y ver si vuelve a ocurrir.

—Te equivocas. No pasó nada, no pasará nada. Sigue adelante y sólo conseguirás que te aborrezca.

—Muchas palabras amargas para unos labios tan dulces, Pelirroja. Sin embargo, yo sé que son como néctar, como una droga que produce adicción con sólo probarla.

—¡Es una locura! —protestó ella débilmente.

La sonrisa de Lucas se desvaneció, sus ojos llameaban.

—La otra noche te convertiste en fuego puro entre mis brazos.

—Eso fue un error.

—No puedo consentir esa afirmación tan negativa —dijo él con una sonrisa—. ¿Por qué no lo comprobamos? —murmuró mientras cerraba la distancia que los separaba.

—¡No, Lucas!

—Sí, Megan!

Atrapada entre su cuerpo musculoso y el árbol, Megan gimió desesperada al sentir aquellos labios sobre su boca. Trató de resistir al deslizamiento suave de la lengua contra sus labios cerrados, pero incluso aquel pequeño contacto desató una conflagración en sus entrañas. El calor invadió su cuerpo, haciendo que sus nervios crepitaran. Cuando más quería ser fuerte, sus músculos se abandonaban y traicionaban su mente.

Entonces Lucas la besó en el cuello hasta que llegó al oído, haciéndola temblar antes de encontrar un punto palpitante en su garganta. Megan jadeó y se mordió los labios mientras la boca de Lucas descendía por el escote de su blusa. Los senos se endurecieron, los pezones se irguieron hasta convertirse en dos puntos anhelantes de sus caricias. Y cuando aquellos labios los encontraron por encima de la blusa de seda, ya no pudo seguir resistiéndose.

Megan volvió a jadear. Con un gruñido de triunfo,

Lucas alzó la cabeza y la besó en los labios. Ella se dio cuenta de que había estado perdida desde el principio y ya no intentó luchar. Separó los labios ante la presión insistente de su lengua y, cuando las dos se encontraron, él le soltó las manos y la estrechó contra sí.

Saber que la deseaba hizo que su instinto de conservación se perdiera en el viento. Sólo existían aquellas manos, aquellos labios sobre su piel. Le echó los brazos al cuello y enterró las manos en su pelo. Lucas gimió. Una mano grande se introdujo en la blusa para acariciar su piel de terciopelo.

Cuando Lucas la tumbó sobre la hierba, ella no se resistió, sino que recibió el peso de su cuerpo con alegría. El beso se hizo más profundo, más exigente y ella respondió con avidez, una víctima complaciente de su propia necesidad. Ya no había normas, ni razones, ni hechos fríos e implacables.

Bajo la blusa, Lucas encontró el cierre delantero del sujetador. Megan gritó mientras su cuerpo se sacudía bajo las caricias. Lucas jugueteó con los pezones con la yema del pulgar, trazando círculos hasta que el placer le resultó insoportable.

Entonces, Lucas levantó la cabeza y ella abrió los ojos para mirarlo lánguidamente.

—¡Santo cielo! ¿Qué me estás haciendo? Te deseo, Megan. Nunca he necesitado tanto a una mujer.

Si Lucas no hubiera hablado, Megan dudaba de que hubiera podido recuperar el sentido común, pero sus palabras fueron como una ducha helada. Se quedó inmóvil, con el corazón latiéndole salvajemente y la respiración jadeante. ¡No era verdad! La quería para utilizarla, lo mismo que a todas aquellas mujeres, sólo usaba las palabras para conseguir lo que deseaba.

Lucas sintió su inmovilidad y la miró detenidamente a la cara.

—¿Qué te pasa?

Unos ojos verdes, ensombrecidos por la rabia, se clavaron en los suyos.

—¡Deja que me levante!

Por un segundo, pareció que Lucas iba a discutir, pero rodó a un lado y se levantó. Megan se puso torpemente en pie. Sabía que había escapado por azar y no gracias a sus esfuerzos. Si él no hubiera mencionado a aquellas condenadas mujeres...

—¿Qué te ha pasado? Estabas conmigo hasta este momento —preguntó él con curiosidad.

Parecía tan sereno que ella sintió ganas de abofetearle. ¿Qué más pruebas necesitaba para darse cuenta de que no era más que otra aventura para él?

—Me sentía un poco apretada ahí abajo. Tú, yo y todas esas malditas mujeres.

Lucas sonrió.

—¿Estás celosa, Pelirroja? Lo recordaré para la próxima vez.

—No habrá próxima vez. Y no estoy celosa.

—Entonces, ¿por qué te enfadas?

—Si estoy enfadada es porque no me gusta que me vengan con cuentos.

—No era un cuento, Megan. Lo decía de verdad —dijo él muy serio—. Nunca antes me había sentido así.

Megan se conmovió a su pesar.

—¿No esperarás que me lo crea? —dijo ella con una risa temblorosa.

—Lo máximo que esperaba de ti era que te resistieras, pero no me importa —dijo él pasándose una mano por el pelo—. Niégalo todo lo que quieras, pero formamos una combinación explosiva. Yo no voy a huir y tampoco consentiré que tú lo hagas.

—¿Es una amenaza?

—No, es una promesa —dijo él con una expresión entre sensual y tierna.

Megan se le quedó mirando mientras sentía que las

piernas se le convertían en gelatina. Entonces, no supo de dónde, sacó fuerzas para enderezarse.

—No pienso acostarme contigo.

—Puede que yo quiera algo más.

Megan sacudió la cabeza.

—Tampoco voy a tener una aventura.

—¿Por qué no? Sería algo bueno para los dos. No voy a rendirme hasta que cambies de opinión —dijo él con una sonrisa sombría.

—No puedo impedírtelo, pero perderás el tiempo.

—Ya veremos. —dijo él mientras le pasaba un dedo por la mejilla ardiente—. Muy bien, Pelirroja. Si no te interesa tener una aventura, ¿qué te parece si salimos juntos esta tarde?

Megan no sabía qué iba a hacer con él. En un instante, había cambiado de humor y actuaba como si nada hubiera sucedido.

—¿En el barco?

—Creo que no —dijo él con una sonrisa irónica—. Lo que tú y yo necesitamos es compañía y no estar solos en un barco.

Megan se dio cuenta entonces de que Lucas estaba tan excitado como ella, sólo que lo ocultaba mejor. Por muy extraño que pareciera, aquello la consoló.

—A propósito, ¿adónde ibas con el bote?

—Dan me lo ha prestado. Hace una mañana perfecta para navegar a vela. Pensé en acercarme navegando en vez de ir en coche.

—¿Para pedirme que saliera contigo?

Megan se sobresaltó cuando él le tomó la cara entre las manos y la miró fijamente a los ojos.

—Esa era mi intención hasta que algo me ha distraído. Necesitaba estar contigo y no quería darte tiempo para que lo pensaras. Quiero estar contigo. ¿Qué me contestas, Pelirroja?

Megan se sentía tentada. Parecía sincero y ella cada vez estaba más confusa. Sabía que debía mantener la distancia, pero tampoco le pasaría nada si salía con él. Además, le vendría bien olvidarse de los problemas que la abrumaban. Su conciencia le decía que sólo se estaba poniendo excusas, pero no quería escucharla.

«Porque, a pesar de todo, tú también quieres estar con él», dijo una voz interior que también ignoró.

—¿Adónde iremos?

Lucas respiró hondo antes de contestarle, como si hubiera estado esperando su respuesta conteniendo la respiración.

—Hace unos meses, unos amigos míos vinieron a vivir aquí. Me han invitado a pasar la tarde.

—Pero no esperan que vayas acompañado —dijo ella, poniendo mala cara.

—No, te equivocas. Quizá no te esperen a ti, pero saben que casi siempre voy acompañado. Peggy no deja de meterse conmigo por eso. Le gustaría que sentara la cabeza y tuviera una familia.

—¿Tú? ¿Una familia con hijos y todo? No me lo puedo creer.

Sin embargo, sí lo creía. Casi podía verlo en su imaginación; Lucas rodeado de niños con los ojos azules. Le envidió.

—Puede que a ti no te haga ilusión, pero a mí me gustaría tener media docena.

Megan tuvo que tragar saliva para deshacer el repentino nudo de emoción que se empeñaba en cerrarle la garganta. Como aquel tema despertaba en ella un dolor antiguo, recurrió al sarcasmo.

—¿Seis? ¿Nada más? ¿No crees que tu esposa debería opinar al respecto?

—De acuerdo, me conformaría con dos. Ya sé cómo se siente un hijo único. Aunque tenga sus ventajas, siempre es muy aburrido

Megan lo contempló con el ceño fruncido.

—¿Te sentías solo?

Siempre había creído que Lucas era perfectamente feliz de adolescente.

—¿Acaso sientes pena por mí, Pelirroja?

—¿Y si es así?

—Sal conmigo esta tarde. No puedes hacer nada por mi infancia pero puedes animarme la tarde.

—Lo siento, pero tengo mucho trabajo.

Megan echó a andar por la senda camino del astillero y Lucas la siguió.

—¿Qué tienes que hacer, exactamente? ¿Es que de repente te han llovido pedidos del cielo?

—Gracias, precisamente necesitaba que me recordaran eso.

Lucas suspiró. La agarró del brazo e hizo que se detuviera.

—Capearás el temporal, Pelirroja. Eres demasiado buena para hundirte.

Tanta confianza hizo que Megan se ruborizara.

—Quizá debieras decirle lo mismo a Daniel.

—Creí que el problema era la recesión —dijo él con gesto extrañado y Megan se dio cuenta de que había hablado más de la cuenta.

—¡Oh, sí! Naturalmente —dijo riendo.

Sin embargo, Lucas no sonrió.

—Ya me he dado cuenta de que no viene mucho por aquí.

—Bueno, sí. Es que tiene mucho trabajo.

Fue Lucas quien echó a andar de nuevo. Megan se recriminó, como siempre, y aunque él no se lo agradeciera, tenía que inventar excusas para su hermano.

—¿Sabes? Con tu currículum, podrías conseguir un buen empleo en cualquiera de las grandes compañías. No tienes que empeñarte en sacar el astillero Terrell a flote. Conozco a varios ejecutivos que estarían dispuestos a hablar en tu favor.

—Gracias, es una oferta muy generosa, pero Terrell es mi casa. Yo... no podría dejarlo.

—Lo entiendo, como también entiendo que estás agobiada con las preocupaciones. Necesitas un descanso, Megan.

—¿Estás diciendo que tu oferta es puramente altruista?

—No. Pero, ¿vendrás si te prometo que tendré las manos quietas?

Megan sabía que no debía aceptar. Lucas era peligroso y ella demasiado susceptible...

—Bueno...

—Vamos, Pelirroja. Lo estás deseando.

En aquel momento salieron al sol. Megan se dio cuenta de que llevaba semanas encerrada en la oficina. Lucas tenía razón.

—De acuerdo, iré —dijo mientras esperaba no tener que arrepentirse.

—Muy bien. Tengo que regresar con el barco antes de que cambie la marea. ¿Por qué no vuelves a tu casa y te pones algo más fresco que ese traje de chaqueta? Nos veremos allí en cuanto pueda.

—¿Y qué hay de la comida?

—No te preocupes. Jack va a preparar una barbacoa —dijo él, alejándose bajo los árboles.

Megan volvió a preguntarse si hacía lo correcto. Nunca se había sentido tan desorientada, tan confusa emocionalmente. Quizá se debía a que, antes de la llegada de Lucas, se había limitado a sobrevivir entre depresión y depresión. Y quizá buscar a sabiendas otro desengaño no era lo más inteligente que podía hacer. Sucediera lo que sucediera, tendría que vivir con las consecuencias de su decisión.

Capítulo 6

JACK Y PEGGY LAKER vivían en una casa tradicional con rosales que trepaban por los muros y un jardín lleno de aromas y colores. Peggy, una mujer bonita que rondaba los treinta, salió a recibirlos cuando el coche se detuvo. Lucas le hizo un saludo con la mano y dio la vuelta al vehículo para abrirle la puerta a Megan.

—¿Qué has hecho con ellos, Peg? ¿Atarles a un árbol? —preguntó Lucas y ella se echó a reír.

—¿Cómo? ¿Y aguarles la fiesta? No he podido con ellos desde que se han enterado de que venías.

Un chillido rasgó el aire en aquel momento y Peggy elevó los ojos al cielo.

—Aquí vienen las criaturitas.

Megan, tan confusa como divertida, se dio la vuelta a tiempo de ver dos pequeños tornados que aparecían por la esquina de la casa y se arrojaban en brazos de Lucas, que los recibió con un rugido.

—¡Tío Lucas! ¡Tío Lucas!

Como en un trance, Megan miró mientras los gemelos de cinco años se echaban a su cuello sin disimular su afecto. Un afecto que era plenamente correspondido, a juzgar por la sonrisa del adulto. A Megan se le ocurrió que parecía perfectamente cómodo con ellos.

—Será un padre estupendo —dijo Peggy, contemplando a Lucas y a Megan especulativamente.

—Bueno, le encantan los niños —dijo Megan, cuando pudo hablar.

—Y ellos lo adoran —añadió Peggy.

Lucas puso a los niños en el suelo y dejó que se lo llevaran a rastras. Le sonrió a Megan por encima del hombro.

—Se le subirán encima y no rechistará. A veces me parece que él es el peor. A propósito, por si no te has dado cuenta, soy Peggy. Los monstruitos son Martin y Michael. Tú debes de ser Megan. Lucas nos lo ha contado todo sobre ti.

—¿Ah, sí? —dijo Megan sorprendida.

Peggy la tomó del brazo y siguió el camino por donde Lucas y los niños habían desaparecido.

—No te preocupes, no era nada malo. Le caes muy bien, ya lo sabes. Eres tan guapa como él decía y no dudo que igualmente inteligente. Me ha contado que diseñas barcos. Yo soy una nulidad dibujando, pero Lucas dice que tus diseños son muy buenos.

—¡Muy halagador!

Megan sintió que un calor invadía sus entrañas al pensar en que Lucas hablaba bien de ella a sus amigos. Sin embargo, lo que hizo que se ruborizara fue el presentimiento de que Peggy había malinterpretado que lo acompañara.

—Le gusta reconocer los méritos de cada cual, pero no hay nada personal entre nosotros.

—¡Hum! Eso fue exactamente lo que dijo él —comentó Peggy satisfecha—. Veamos en qué andan y de paso te presentaré a Jack.

Megan dejó que la guiara. Sabía que su intento de aclarar la situación sólo había servido para confirmar lo que Peggy sospechaba, que había algo entre Lucas y ella. Se preguntó qué diría la anfitriona si le confesara que lo único que quería Lucas era llevársela a la cama.

Su marido, Jack, resultó ser un hombre de la misma edad de Lucas, con rasgos orondos y una personalidad alegre. Dejó un momento la barbacoa para saludarla y ponerle en la mano una deliciosa bebida de frutas.

—Espero que tengas hambre. Peg ha preparado comida para un regimiento.

Su esposa le sacó la lengua y se fue a preparar las ensaladas. Nadie aceptó la ayuda de Megan y se quedó sola, mirando con nostalgia un rudo partido de fútbol entre Lucas y los gemelos.

—¿Te gustan los niños, Megan? —preguntó Jack.

Una mano cruel se cerró sobre su corazón, pero respondió con voz templada.

—¡Ah, sí!

—Bien. A Lucas le vuelven loco —dijo Jack, cuidando sus salchichas.

Megan volvió a preguntarse qué demonios les había contado Lucas para que aquella pareja pensara que estaban juntos. Tenía que averiguarlo en cuanto se le presentara una oportunidad.

—¿Hace mucho que conoces a Lucas? —preguntó ella.

—Desde la universidad, aunque sólo llevo cinco años trabajando para él. Antes vivíamos en Londres, pero ninguno de los dos queríamos que los niños crecieran allí. Sin embargo, creíamos que no había nada que hacer porque yo no quería dejar la empresa. Fue Lucas quien dio con la solución ideal. Sugirió que podía trabajar desde casa... y aquí nos tienes. Todo ha salido de maravilla.

Megan arqueó las cejas. No había muchos patrones que se preocuparan tanto por sus empleados, ni siquiera por sus amigos.

—Debe de ser único.

Jack se limpió las manos en el delantal y se acercó a ella.

—Puedes jurarlo. Nadie diría al verlo que es el propietario de una empresa multimillonaria, ¿verdad?

Como si quisiera ilustrar aquellas palabras, Lucas se dejó caer sobre el césped y los niños se le echaron encima. Megan se rió cuando empezaron a saltar sobre él. Entonces sucedió algo extraño, imaginó que Lucas estaba allí en compañía de unos niños, pero también estaba ella. Formaban una familia y había tanta felicidad y tanta alegría que se quedó sin respiración.

El corazón le dio un vuelco y la escena se desvaneció ante sus ojos, dejándola con una sensación de pérdida tan aguda que tuvo ganas de llorar. El dolor la traspasó como un cuchillo de hielo, tan intenso que cerró los dedos sobre el vaso del refresco hasta que le estalló en la mano, cortándole la palma. Sobrecogida, miró cómo brotaba la sangre mientras los cristales caían al suelo con un tintineo.

—No te muevas —ordenó Jack mientras le aplicaba una servilleta en la herida.

—Lo siento.

Megan estaba avergonzada. Nunca le había ocurrido una cosa así. Lucas y los niños se acercaron a ver qué sucedía.

—No te preocupes, ha sido un accidente —dijo Jack.

—¿Qué ha pasado? —preguntó Lucas con cara de preocupación.

—Se le ha roto el vaso —dijo Jack—. Chicos, que vuestra madre os dé la escoba y el recogedor.

Lucas le tomó la mano.

—Yo me encargo de esto, Jack. Será mejor que le eches un ojo a la comida, no sea que haya otro accidente.

Lucas la llevó a la casa.

—¿Se va a desmayar? —preguntó Michael.

—Espero que no —dijo Megan, aunque se sentía un tanto mareada.

—Se te ha puesto una cara rara —insistió el niño—. Mamá siempre se desmaya cuando se corta.

—Pobre mamá.

—Se le pasa cuando papá la besa y le canta «sana, sanita» —dijo Michael con desparpajo—. ¿Vas a besarla para que se le pase, tío Lucas?

Megan lo miró alarmada. Lucas le devolvió una mirada risueña.

—¿Crees que debería? —preguntó al niño sin apartar los ojos de ella.

—Pues claro —dijo Michael muy convencido—. A mamá le gusta que la besen.

—Pues que no se hable más.

Megan se encontró sentada en un lavabo. Peggy no tardó en aparecer.

—Aquí tienes el botiquín, Lucas —dijo Peggy—. Michael, ve a ayudar a papá. Dile que yo iré en seguida. No toques nada y no corretees junto a la barbacoa. ¿Es muy grave el corte?

—No, por suerte. Bastará con que le pongamos una tirita.

Lucas la obligó a poner la mano bajo el chorro de agua fría.

—Gracias a Dios. Bueno, la dejo en tus manos —dijo Peggy , despidiéndose con una sonrisa.

Megan hizo una mueca de dolor cuando él le examinó la herida en busca de algún cristal que se hubiera quedado incrustado.

—Me siento como una atracción cirquense.

—¿Qué esperabas con una actuación tan dramática?

«He tenido una visión en la que formaba parte de una familia. Se me ha venido el mundo encima», dijo ella en silencio.

—No lo sé.

—Bueno, has tenido suerte. No es nada serio. Sobrevivirás, aunque no creo que mi corazón pueda aguantar muchos sustos como éste. Al mirarte, cualquiera hubiera dicho que habías recibido una herida mortal.

Era lo que había sentido. Megan pensaba que ya había superado aquellas reacciones emocionales. Sin embargo, había sido tan intensa como las primeras veces.

—No pretendía asustarte.

—En el futuro, ten en cuenta mi corazón y consúltame antes de hacer nada peligroso, como malabarismos con cuchillos y cosas parecidas, ¿eh?

—Antes nunca te preocupabas por mí. Sólo era un estorbo.

—Sigues siendo un estorbo, Pelirroja. Sin embargo, a veces las cosas cambian y nos dan una sorpresa. ¿Qué tal el vendaje?

—Muy bien. Gracias.

—Ahora, lo único que me falta es besarte para que acabes de curarte.

Antes de que ella pudiera reaccionar, Lucas la besó rápida y devastadoramente. Fue una caricia tan tierna, que a Megan se le hizo un nudo en la garganta.

—¿Mejor así?

«Mejor» no describía sus sentimientos ni de lejos. Carraspeó, consciente de que debía romper el encanto del momento, pero le resultaba imposible.

—Se suponía que tenías que besar la herida, no a mí. ¿No se canta eso de sana, sanita...?

La sonrisa de Lucas le llegó al fondo del alma.

—¿Es que no te ha gustado?

¡Claro que le había gustado! Demasiado. Los labios le hormigueaban pidiendo más. Tragó saliva y apartó sus ojos de él.

—Creo que deberíamos ir con los demás, ¿no te parece?

—Tienes razón. No es el momento apropiado ni el lugar más idóneo.

Lucas retrocedió un paso y ella pudo volver a pensar.

—Nunca existirá ese momento ni ese lugar, Lucas.

—Claro que sí. Y cuando lo encontremos, no querrás irte, Pelirroja —dijo él con tanta convicción que ella sintió escalofríos.

Megan optó por callarse sabiendo que las palabras no servían para nada. Tendría que demostrarle con sus actos lo equivocado que estaba. Salieron juntos al patio.

—Estábamos a punto de mandar un grupo de rescate —bromeó Jack.

Megan se dio cuenta otra vez de que aquel matrimonio los miraba sin disimular su curiosidad.

—¿Qué les has estado contando? —preguntó en voz baja—. Creen que somos pareja.

—Y lo somos —dijo él con calma.

—No como ellos piensan. Tienes que haberles dicho algo.

—Les conté quién eras y en qué trabajabas. No soy responsable de las conclusiones que hayan podido sacar. Desean lo mejor para mí y es evidente que tú les has caído bien. Para ellos, ha debido de ser un razonamiento lógico.

—Tendrás que sacarles de su error.

—Podría hacerlo, pero sólo conseguiría confirmar sus sospechas. Pelirroja, saltan chispas cuando estamos juntos. Nunca creerán que no hay nada entre nosotros.

—Pero tiene que haber un modo —gimió ella.

La sonrisa de Lucas desapareció de sus ojos.

—Lo hay. Podemos decirles que sólo queremos acostarnos. Sin embargo, preferiría no estropearles el cuento romántico. Si te empeñas, tendrás que hacerlo tú sola.

Megan se sentó aparte, sabiendo que mecería aquella burla. Y sabiendo también que nunca podría hacer lo que él había sugerido. Quizá fuera verdad, pero prefería que nadie supiera lo elemental que era su atracción. Lucas era un hombre maravilloso. Actuó como si nada hubiera pasado, pero Megan era muy consciente de la frialdad que había en sus ojos cada vez que sus miradas se cruzaban. Extrañada, comprobó que, lejos de aliviarla, se arrepentía de haberla provocado. Decidió concentrarse en los niños y escuchó sus relatos de travesuras y trastadas. Cuando empezaron a quitar la mesa, los gemelos se habían ganado su corazón para siempre.

Tras la comida, los niños insistieron en que jugaran al cricket. Megan nunca había asistido a un partido más caótico. Al cabo de un rato, no tuvo más remedio que dejarse caer en una tumbona. Peggy se unió a ella al poco y las dos miraron mientras el juego continuaba sin ellas.

—Me alegro de que hayas venido, Megan. No es habitual ver a Lucas tan relajado. Trabaja tanto para que su empresa logre un reconocimiento mundial, que se olvida de descansar, de divertirse.

—No creo que él lo note con todas las mujeres que han pasado por su vida —replicó ella.

—Es un poco donjuán, ya lo sé —dijo Peggy, entendiendo su intención—. Pero ya verás. En el momento en que encuentre la mujer adecuada, no mirará a ninguna otra. Puedes creerme.

Megan tuvo que sonreír. Peggy trataba de convencerla de que no tenía de qué preocuparse.

—Te creo, Peggy —se limitó a contestar.

Sin pensarlo, su anfitriona le apretó la mano. Después, consultó el reloj.

—Vuelvo ahora mismo —dijo Peggy yendo a la casa.

Megan suspiró y cerró los ojos. Hacía una tarde cálida y estaba entre amigos. Debió quedarse dormida porque fue un llanto agudo lo que la despertó bruscamente.

—Disculpa —dijo Peggy a su lado—. Sujétame un momento a Annie, Megan. Será mejor que vaya a ver quién se ha hecho daño.

Antes de que pudiera comprender lo que sucedía, Peggy le dejó un bebé en los brazos y echó a correr. Megan parpadeó y se encontró mirando a los ojos castaños de una niñita que balbuceaba. Se quedó rígida, todo su ser quería gritar. Lo único que pudo hacer fue sostener el bebé en brazos. Era un mecanismo de defensa. Mientras se mantuviera apartada de aquellas diminutas criaturas, estaría a salvo del dolor. Y, de repente, se presentaba la catástrofe.

Megan quería huir, pero las piernas no le respondían. El horror hizo que se sintiera enferma. Entonces, Annie le sonrió y en lo más hondo de su ser algo se rompió y se abrió para la niñita. Con una expresión turbada,

Megan levantó una mano para tomar la de la pequeña y sintió que se le encogía el corazón cuando unos dedos diminutos se cerraron en torno al suyo.

«¡Oh, Dios mío!»

Cerró los ojos y bajó la cabeza hasta sentir aquel cutis aterciopelado en sus mejillas. Le costaba trabajo respirar la fragancia del bebé. La destrozaba y, al mismo tiempo, le llenaba de tanta ternura, que pensó que iba a estallar. Pero no explotó. En algún momento, sintió que una calma profunda se adueñaba de ella y pudo abrir los ojos otra vez. Despacio, muy despacio, sonrió a la pequeña.

Era hermosa, perfecta. Los ojos resplandecían como joyas mientras Annie la miraba solemnemente, como si se diera cuenta de que era un momento crucial para la mujer que la sostenía en brazos. Las defensas de Megan se derrumbaron como hojas de otoño. Supo que, al cerrar su corazón, ella misma se había herido. Le encantaban los niños y negarlo por el mero hecho de que ella nunca podría tener uno propio sólo acrecentaba el dolor.

Aquel gesto simple la libró de la tortura y Megan aceptó la libertad con alegría, ahogándose en un mar de sensaciones, hasta que tuvo que levantarse para respirar. Entonces, se encontró traspasada por un par de ojos azules. Se quedó paralizada al ver aquella expresión extraña en la cara de Lucas, pero él sonrió y ella, sin pensarlo, le devolvió la sonrisa.

—¿Están bien los niños? —preguntó ella con una voz ronca.

—Sólo unas magulladuras —dijo él, sentándose en el sitio de Peggy—. ¿Quieres pasarme a la niña?

—No. Yo... Creo que voy a tenerla un ratito, si no te molesta.

—Claro que no.

Toda la familia llegó en aquel momento. Peggy asintió en silencio.

—Mamá, ¿por qué llora la tía Megan? —preguntó Michael con voz aguda.

Peggy gimió.

—¡Ay, Michael! Si no te quisiera tanto, te habría ahogado nada más nacer —exclamó, llevándose a su hijo para callarle con un helado.

Megan se llevó una mano a la mejilla y notó las lágrimas. Entonces comprendió por qué todos la miraban de aquella manera. Debían de pensar que era una idiota redomada. Miró de reojo a Lucas, pero él estaba tumbado con los ojos cerrados. Megan volvió a relajarse y suspiró.

El tiempo pasó sin que Megan pensara. Eso vendría después, ahora se conformaba con disfrutar de aquel trocito de paraíso. Nadie la molestó. Sentía la presencia reconfortante de Lucas a su lado. No podía explicar por qué, pero le hacía sentirse mejor.

Al cabo, Peggy regresó y Megan le entregó la niña.

—Es preciosa, Peggy. No sabes cómo te envidio.

Peggy puso a la niña en una sillita y ajustó la sombrilla para que no le molestara el sol.

—Algún día tú también tendrás hijos.

Aquellas palabras se clavaron en su corazón con la precisión de un bisturí. Megan no pudo ocultar el dolor que asomó a su ojos. Sintió que la emoción la ahogaba y se puso en pie abruptamente.

—¿Dónde se ha metido todo el mundo?

—¿Te encuentras bien, Megan? —preguntó Peggy preocupada.

—Por supuesto que sí. Claro. ¿Por qué no iba a encontrarme bien? —dijo con una risa histérica sin sentido.

De repente, sintió que la estaban observando, se dio la vuelta y vio que Lucas la miraba sin expresión alguna en su rostro.

—Tranquilízate, Pelirroja.

Era una frase sin malicia que, sin embargo, hizo saltar algo en su interior.

—¡No me digas que me tranquilize! ¿Qué demonios sabes tú de cómo me siento?

Lucas se levantó despacio, como si supiera que cualquier movimiento brusco podía hacerla estallar.

—Tienes razón, no lo sé. ¿Por qué no me lo cuentas?

Cuando Megan le vio dispuesto a escuchar, la ira desapareció tan rápidamente como había venido. Lucas le estaba ofreciendo su hombro para que llorara contra él. Era un hombro ancho y podía soportar cualquier carga, pero Megan no podía hacerlo. No podría soportar ver cómo la lástima llenaba aquellos ojos azules. La conmiseración era lo único que no podía aceptar de nadie. Había guardado su secreto hasta entonces y cargaría con su peso hasta el final.

—No hay nada que contar. Creo que el accidente me ha afectado más de lo que imaginaba.

Megan miró a Peggy, quien le sonrió.

—Yo sé lo que necesitas, una buena taza de té. Siempre que me siento un poco floja, un té bien caliente me hace reaccionar.

—Te ayudaré a prepararlo —dijo Megan, sintiendo unos ojos azules clavados en ella.

—Mira, Megan —dijo Peggy cuando se alejaron—. Si algo te preocupa, Lucas es una persona que está siempre dispuesta a escuchar y a echar una mano.

—Nadie puede ayudarme, Peggy. Créeme. Hay cosas en este mundo que nadie puede arreglar. Vamos a preparar el té. La verdad es que me vendría bien y me gustaría jugar un rato con lo gemelos antes de marcharnos.

—De acuerdo, Megan. Pero quiero decirte que, aunque no podamos hacer nada, estaremos aquí cuando nos necesites. Siempre serás bienvenida.

Megan se emocionó.

—Quizá cualquier día acepte tu invitación.

Se quedaron a tomar el té hasta que Lucas anunció que tenían que marcharse. Megan lo sintió porque, con todo, había pasado una tarde agradable. Lucas se concentró en la conducción mientras ella se arrellanaba en el asiento con síntomas de migraña.

—No piensas decirme por qué la tía Megan estaba llorando, ¿verdad? —preguntó Lucas cuando estaban llegando a casa.

—No.

—Me lo imaginaba. En realidad, no vas a contestar ninguna pregunta, ¿eh?

Megan sonrió.

—Eso dependerá de la pregunta.

—¡Hum! O sea, que si te pregunto qué tal lo has pasado, tú me responderías que...

—Me he divertido mucho. Son una familia estupenda —dijo Megan sin titubear.

Lucas la miró un momento.

—Pero si quiero preguntarte por qué Annie te ha puesto como si se te estuviera cayendo el mundo encima, tú...

El buen humor la abandonó al darse cuenta de lo mucho que Lucas había visto.

—Yo diría que son imaginaciones tuyas.

—Y también dirías que habláramos de otra cosa, ¿me equivoco? Muy bien, en otras palabras, para ser un mujer que presume de no tener instintos maternales, sostenías a esa niña como si fuera lo más precioso que hubieras visto en tu vida.

Megan tragó saliva. Tenía la garganta seca. Se preguntó hasta dónde había llegado Lucas.

—Los instintos maternales no tienen nada que ver. Tenía miedo de que se me cayera.

—Mientes, Pelirroja.

Lucas detuvo el coche frente a la casa. Megan sabía que tenía que decir algo antes de salir.

—¿Por qué iba a mentir?

—No lo sé. Pero todo me dice que mientes. Me estás ocultando algo.

Megan agradeció la ira que brotó de sus entrañas.

—Estás olvidando algo, Lucas. Mienta o no mienta, no tengo por qué contarte nada. No soy de tu propiedad.

—Sin embargo, acabarás diciéndomelo.

—¿Porque tú lo digas? Me parece que no.

Megan salió del coche. Lucas se movió con rapidez y se enfrentó con ella por encima del techo.

—¿De qué tienes miedo?

Megan se pasó una mano por el pelo.

—Déjalo ya, Lucas. A veces, lo mejor que uno puede hacer es dejarlo. Por favor, déjalo de una vez.

—¿Y si no quiero?

—Entonces, ¡maldito seas!

Megan se refugió en su habitación. Hacía calor en la casa que llevaba todo el día cerrada y abrió las ventanas para que entrara la brisa. Trató de dormir, pero estaba demasiado nerviosa como para descansar. Deseaba haber mostrado más entereza ante la situación, pero la pequeña Annie había desatado un antiguo trauma emocional.

Decidió que, si no podía descansar, podía ir al astillero y trabajar. El trabajo había sido su bálsamo durante los días más negros. No sabía dónde se había metido Lucas, pero se alegró de no encontrarle.

El astillero estaba desierto cuando abrió la puerta. Hacía horas que Ted se había marchado a casa. Por lo general, le gustaba la tranquilidad de aquel lugar. Sólo que esa vez iba a ser distinto. Se sentó en el taburete y recorrió con la mirada las líneas que había trazado. Aquel era su hijo, el fruto de su mente, y nacería sin el menor defecto.

No supo que estaba llorando hasta que una lágrima cayó sobre los planos. Otras le siguieron. Pronto los sollozos se apoderaron de ella. Ocultó la cara entre las manos, fue a tientas al sofá y se derrumbó sobre él sabiendo que había reprimido aquellas lágrimas durante ocho años. Annie había roto los diques que las contenían, los muros tras los que protegía su corazón.

No supo cuánto tiempo estuvo llorando. Al final, se quedó dormida. La despertó un dolor lacerante en la cabeza. Supo que era la migraña que había temido. Necesitaba sus medicamentos, pero estaban en la casa. Sin embargo, no tenía más remedio que ir a buscarlos porque eran el único modo de mitigar aquella tortura.

Gimiendo, consiguió sentarse y controlar las náuseas. Cerró los ojos mientras la oficina daba vueltas y la luz hería sus ojos con espadas de dolor.

Se dio cuenta de que era demasiado tarde, no podía conducir en aquel estado. Sólo le quedaba el teléfono. No creía que Daniel estuviera en casa, pero cabía la posibilidad de que Lucas sí, y no era tan estúpida como para anteponer el orgullo al dolor. Con un esfuerzo sobrehumano, consiguió ponerse en pie. Logró dar dos pasos antes de que las piernas le fallaran y cayera al suelo.

Volvió a gemir y añoró su cama y la penumbra de su habitación. Mientras trataba de reunir fuerzas para volver a intentarlo, creyó oír que alguien la llamaba. Se quedó inmóvil y escuchó atentamente. Sí, alguien la llamaba.

—¿Megan?

Era Lucas. No sabía qué hacía allí, lo único que le importaba era que podía ayudarla.

—Estoy aquí.

—¿Megan? —dijo él preocupado al verla en el suelo—. ¿Qué ha pasado? ¿Estás herida?

Lucas se arrodilló junto a ella. Megan estaba rígida. Respiraba trabajosamente mientras apretaba las manos contra las sienes.

—Migraña —gimió.

Lucas le puso la mano sobre la frente, estaba benditamente fría.

—Creía que te habían asaltado. ¿No tienes nada para el dolor?

—Tabletas. En casa.

—Bien. Voy a por ellas.

—¡Espera! Te acompaño. He dejado el coche detrás de la nave.

Con ayuda de Lucas, consiguió ponerse en pie, pero se tambaleaba visiblemente.

—No vas a conducir en este estado. Acabarías empotrada contra un árbol.

—No soy tan estúpida —dijo ella en medio de su agonía—. Vas a conducir tú. Deja de perder tiempo de una vez.

—Amable hasta el final —rezongó él.

Megan sabía que había sido brusca, pero el dolor era insoportable.

—Lucas, por favor —dijo mirándolo—. Llévame a casa.

—Quédate aquí, voy a por el coche —dijo él, mientras la ayudaba a apoyarse en la pared.

Megan esperó a que se hubiera ido y regresó a la oficina. Recogió las llaves y el bolso. Cuando Lucas llegó con el coche, ella ya había cerrado y le esperaba en la puerta.

—Te he dicho que no te movieras. ¿Nunca haces caso de lo que te dicen?

—No —respondió ella, pero se dejó caer en el asiento con un suspiro.

—Das más problemas de lo que vales. La próxima vez que te caigas, quizá no te ayude a levantarte. Y eso podría suceder en cualquier momento. No sabes qué pinta tienes. He visto cadáveres menos pálidos. ¿Te ocurre muy a menudo?

—No. Es por el estrés y las presiones que he sufrido últimamente.

—¡Hum! Ya he visto que has estado llorando. Cuando

te sientas mejor, creo que deberíamos hablar seriamente, Pelirroja.

—Eres muy fuerte, haces que me sienta segura —murmuró Megan cuando él la llevó en brazos a su habitación.

Lucas no tuvo más remedio que reír.

—Desde luego, eliges los momentos más apropiados para hacer cumplidos.

—No sé a qué te refieres —dijo ella, consciente de que él la sujetaba con más fuerza contra su pecho.

—Quiero decir que eres la criatura más deliciosa que subo a su habitación en mucho tiempo, pero que no es momento para que empieces a coquetear conmigo.

Megan pensó que él parecía socarrón.

—¿Estoy coqueteando?

—Vuelve a decírmelo cuando te sientas mejor y empezaremos a partir de aquí.

Lucas abrió la puerta con el hombro y la depositó sobre la cama.

—¿Dónde están las pastillas, Megan?

Lucas encontró el frasco, leyó la etiqueta para asegurarse de cuál era la dosis correcta y le llevó un vaso de agua del baño. Entonces la ayudó a tomarlas y corrió las cortinas. Megan se dio cuenta de que había aparecido justo a tiempo, aunque no podía saber que ella se encontraba en dificultades.

—¿A qué has ido al astillero, Lucas?

—A buscarte. Pensé que quizá estuvieras enfadada y quería disculparme. Al no encontrarte en la casa, fui al astillero.

—No te preocupes tanto por mí, sé cuidarme sola.

—Ya se nota. De todas formar, no puedo evitar preocuparme por ti, Pelirroja. Creo que ya es hora de que alguien lo haga. Ahora, vamos a quitarte esa ropa. Te sentirás mejor metida en la cama.

Megan sabía que era verdad, pero la idea de que Lucas la desnudara disparó todas sus alarmas. Luchó para incorporarse.

—Puedo hacerlo sola.

Lucas la obligó a acostarse.

—Será más rápido si lo hago yo. Y deja de hacerte la imposible.

Lucas se las arregló para dejarla en ropa interior. Luego la hizo girar para apartar el edredón y extenderlo sobre su cuerpo tembloroso.

—¿Mejor así?

Megan se alegró de la penumbra porque ocultaba el rubor de sus mejillas. Lucas había actuado de una forma completamente impersonal, de modo que no había motivo para que su cuerpo temblara.

—Sí, gracias.

—Duérmete, Megan. Pasaré a verte después.

Ella cerró los ojos antes de que Lucas llegara a la puerta. Sin embargo, no se fue, sólo cerró la puerta y se sentó en una silla junto a la cama. La contempló dándose cuenta del dolor que reflejaba su rostro y de algo más, una tristeza que jamás parecía abandonarla.

Lucas sabía que había cometido un error al ver en ella a la chica que le había hecho la vida imposible de adolescente. Ahora se daba cuenta de que Megan era un cúmulo de contradicciones. Por un lado era fría, por otro terriblemente apasionada. Por fuera, era una mujer que daba la impresión de controlar su vida, y aquel día se había dado cuenta de que era tan vulnerable que casi se le había parado el corazón. Nada en Megan Terrell era como debía ser y él quería llegar hasta el fondo. No, «necesitaba» llegar hasta el fondo. No se había dado cuenta de lo desesperadamente que necesitaba que Megan confiara en él hasta que ella se había negado a hacerlo.

Con un suspiro, estiró las piernas y se preparó para cuidarla. Alguien tenía que hacerlo porque, bajo aquella apariencia de mujer de acero, se escondía un mujer vulnerable a la que él necesitaba proteger. Algo le decía que la recompensa merecía la pena.

Capítulo 7

MEGAN SE despertó lentamente. Cuando lo hizo, se dio cuenta de dos cosas. La almohada se había vuelto de piedra y todavía le palpitaba la cabeza. Por lo general, las pastillas la dejaban atontada, de modo que, cuando se despertaba, el dolor había desaparecido, pero parecía que tenía resaca. Aquello era distinto. Abrió los ojos con cuidado, preparada para cerrarlos rápidamente si la luz le hacía daño. Sin embargo, lo que vio les hizo abrirlos más todavía. La razón de que su almohada se hubiera endurecido era que se había metamorfoseado en el pecho de Lucas. El pálpito que oía no era su cabeza, sino los latidos de su corazón.

Se quedó pasmada. No alcanzaba a imaginar cómo Lucas, un Lucas literalmente desnudo, su propia desnudez se lo decía, había acabado en su cama. Tampoco podía explicarse cómo había podido acurrucarse contra él con tanta confianza. Sin embargo así era y, cuando los sentidos empezaron a funcionarle, miró bajo las sábanas y vio aliviada que los dos llevaban ropa interior, aunque eso no evitaba que pudiera sentir cada centímetro del cuerpo que tenía a su lado. La excitación fue instantánea, sus terminaciones nerviosas se volvieron locas mandando mensajes a su cerebro, que puso en marcha la llama del deseo.

Megan sabia que debía salir de allí, su posición era extremadamente comprometida, pero el calor y la fragancia de aquel cuerpo la impulsaron a saborear un momento que no podría repetirse. La tentación de pasar la mano sobre los músculos planos de su vientre era irresistible y, mientras libraba una batalla perdida de antemano, oyó que Lucas suspiraba. De inmediato, intentó retroceder hasta la seguridad del borde de la cama, pero un brazo fuerte se enroscó en torno a su cuerpo y se lo impidió.

Megan contuvo la respiración. Apenas tuvo tiempo de mirarlo a los ojos antes de encontrarse aplastada contra él, mientras Lucas le pasaba los labios por los hombros desnudos con efectos devastadores. Megan tuvo que morderse los labios para no gemir.

—¡Hum! ¡Qué bien sabes! —murmuró él con voz somnolienta—. Estás caliente y suave. Creo que me gusta despertarme así.

Megan se dio cuenta de que a ella también le gustaba. El mundo exterior parecía lejano y aquella cama era la única realidad. En la oscuridad que precedía al amanecer, nada más parecía importar.

—¿Qué tal tu cabeza? —preguntó él, rozándole una sien con los labios.

Y, aunque Megan empezó a temblar, aquellas palabras la devolvieron a la tierra.

—Bien —contestó con una voz que pretendía ser fría pero que era todo menos eso—. Lucas, no sé cómo habremos llegado hasta aquí, pero tienes que marcharte —ordenó.

Lucas sonreía cuando lo miró.

—Estamos así, Pelirroja, porque anoche te negaste a que me fuera.

—¡Imposible! —protestó ella, aun cuando la sombra de un recuerdo revoloteó en torno a su conciencia.

Lucas le apartó el pelo de la cara.

—¿No recuerdas que me pediste que me quedara? Me dijiste que ya no querías volver a estar sola.

¡Santo Dios! ¿Qué más había dicho o hecho?

—Yo...

Lucas le puso un dedo sobre los labios.

—Está bien. Necesitabas consuelo, Pelirroja, y yo me alegro de habértelo dado. ¿Qué hay de malo en eso?

Megan cerró los ojos. Lo malo estaba en saber que era inútil desear cosas como aquélla. Aceptar el consuelo ahora, sólo significaba que el dolor de la pérdida sería más agudo. Sin embargo, algo en su interior pedía a gritos un poco de calor humano.

—No está bien —gruñó ella, más para convencerse ella misma que para él.

Lucas siguió abrazándola mientras le pasaba la mano por la espalda.

—¿Cómo puede ser malo? Para mí es pura gloria. Quiero que estés aquí y tú también lo quieres, ¿no?

Era verdad. Que Dios la ayudara, pero era verdad. Sin embargo, iba en contra de todas sus normas, las que se había impuesto para conservar la cordura en un mundo que se había vuelto loco de repente.

—¡Tienes que irte!

—¿Y si no quiero?

—Lucas, por favor —protestó ella.

Lucas se inclinó para besarle el cuello y ella se olvidó de respirar.

—Estoy deseando complacerte, cariño. Sólo dime lo que quieres —dijo él con voz seductora.

Megan levantó instintivamente las manos para apartarle, pero eso las puso en contacto con aquellos músculos viriles. Fue como una descarga eléctrica. Cerró los ojos desesperada. Pero sólo consiguió magnificar las sensaciones que los labios de Lucas le provocaban. Unos labios que buscaban su oído y hacían que sintiera escalofríos por todo el cuerpo. Sus entrañas empezaron a derretirse. Era tan fuerte el deseo de dejarse llevar que Megan vio que sucumbía. Tenía que detenerlo ahora o nunca.

—Para, Lucas —dijo en un hilo de voz apenas audible. Lucas levantó la cabeza, pero no la soltó. La curva sensual de sus labios, tan cercanos a los suyos, no era sino una forma refinada de tortura.

—Tenemos que llegar al final, Pelirroja. Tú lo sabes.

El corazón le dio un vuelco y lo miró a los ojos.

—Ni siquiera debería haber empezado.

Megan apretó los puños para evitar extender las manos sobre su pecho. Lucas hizo un gesto negativo y la besó en la comisura de los labios.

—Quizá, pero hemos llegado demasiado lejos como para volvernos atrás. Nos deseamos, Pelirroja. Cuando te miro, el corazón me salta en el pecho y se me encoge el estómago. Necesito sentir el calor de tu cuerpo y sé que a ti te pasa lo mismo. ¿Por qué vamos a negarnos lo que los dos necesitamos?

A Megan le daba vueltas la cabeza. ¿De verdad era tan malo? Lucas tenía razón, ella lo deseaba. Entonces, ¿por qué renunciar a él cuando no había necesidad? Una pequeña aventura con Lucas no le haría daño porque él no buscaba un compromiso serio. No había nada que la detuviera excepto los escrúpulos. Por una vez en su vida, podía bajar sus defensas sin miedo a las consecuencias. Era más de lo que nunca había esperado. Megan sabía que siempre se arrepentiría de no haber aprovechado aquel momento.

Se sentía ebria de una sensación de libertad que era nueva para ella. Cada vez que respiraba olía su fragancia y sus sentidos se excitaban. Contempló su torso bronceado y tembló como una hoja al viento de puro deseo. Quería poner sus labios sobre aquella piel enfebrecida, conocerlo, saciar el ansia ardiente de sentirlo en sus entrañas.

—Hazlo —le animó Lucas.

—¿Qué?

¿Acaso le leía la mente?

—Tócame. Hazme lo que quieras. Quiero que me acaricies, Pelirroja. ¿No te das cuenta de que me muero por ti?

Era como ahogarse. Los besos de Lucas eran una persuasión dulce contra la que ella no tenía defensas. La incitaban a acompañarle, a que compartiera unas sensaciones tan exquisitas que ella no pudo contener los gemidos.

Le echó los brazos al cuello suspirando, y dio la bienvenida a la invasión de su lengua. Megan esperaba una pasión instantánea, un fogonazo que los consumiera cada vez que se tocaran, pero Lucas tenía otras ideas. Se reservó y utilizó al máximo el dominio de sí mismo para saborearla, para darle placer en los sitios más recónditos y sensibles, para invitar a su lengua a unirse a la suya en una danza ardiente y húmeda.

Megan se perdió en un instante. Su única y breve aventura no la había preparado para aquel embrujo de los sentidos. Siempre había sospechado que Lucas era un amante magnífico, pero nunca había imaginado que aquello pudiera ser real. Se entregó a su innegable maestría.

Lucas abandonó sus labios para depositar besos delicados sobre sus ojos y sus mejillas. Luego, descendió por su cuello. Con los párpados cerrados, Megan quedó cegada por una explosión de colores caleidoscópicos. Las manos no dejaban un rincón de su cuerpo sin acariciar.

—Eres tan hermosa —murmuró él, inclinándose para besar el valle entre sus pechos.

Megan gimió y sintió que estallaba en llamas. Lucas parecía decidido a volverla loca. No podía quedarse quieta. Buscó su pelo y enredó sus dedos en él. Lucas le quitó el sujetador mientras ella sentía que su cuerpo se convertía en un líquido ardiente.

Megan empezó a jadear, pero Lucas recorrió su vientre y sus muslos con las manos y los labios. Ella movía las caderas instintivamente mientras él le quitaba la última prenda. Megan empezó a temblar ante la tremenda belleza de lo que le estaba haciendo. Lucas le besó las corvas, las plantas de los pies, sitios que ella no había imaginado tan sensibles. Recorrió una por una cada pierna sedosa. Se movió con exquisita lentitud, memorizando su cuerpo, haciendo que su corazón conociera el anhelo de una pulsación que empezaba a nacer en lo profundo de sus entrañas.

—Eres perfecta —dijo Lucas mientras se deshacía de su ropa interior.

Le abarcó la cintura con las manos y lentamente las llevó hasta sus senos, que las esperaban henchidos y anhelantes. Megan se mordió los labios cuando él se detuvo y la obligó a mirarlo.

—Es tu última oportunidad, Pelirroja. Si no deseas esto, dilo y pararé. Pero, que Dios me ayude, después de aquí no seré capaz de detenerme.

Megan sabía que ella tampoco.

—Si te paras ahora, Lucas Canfield, juro que te mataré —gruñó.

Era todo lo que él necesitaba escuchar. Liberó la pasión que había estado conteniendo en toda su magnitud y, abrazándola fuertemente, la besó con ansia. El placer que ella había sentido antes no era nada comparado con aquello. Antes, Lucas la había acariciado como si acabara de encontrar un tesoro perdido. Ahora era una mujer y la necesitaba deseperadamente.

Un grito de placer se escapó de su garganta cuando él se dispuso a demostrarle exactamente cuánto la necesitaba. Liberada de la maldición que la había oprimido, Megan pudo responderle en los mismos términos. Parecía que nunca podrían saciarse. Las manos y los labios estaban en todas partes y gemían y jadeaban por turnos. Era un placer visceral oír a Lucas gemir, sentir que temblaba cuando ella lo tocaba.

Megan jadeó cuando él tomó sus senos en las manos y acarició los pezones hasta que ella no pudo reprimir los gemidos y unos fuegos devoradores consumieron sus entrañas. Entonces, la boca sustituyó a las manos.

Sin embargo, las manos de Megan tampoco descansaban, exploraban, buscaban, abarcaban sus nalgas y lo apretaban contra sí, mientras ella se agitaba en una invitación vieja como el tiempo. Luego, hallaron su masculinidad y los dedos se deslizaron sobre aquella piel aterciopelada hasta que él gimió y tuvo que apartárselas. Y entonces dio comienzo una tormenta gloriosa de suspiros, jadeos y gemidos mientras las pieles húmedas entrechocaban y los miembros se entrelazaban hasta que resultó difícil saber dónde empezaba y acababa cada uno.

Cuando no pudieron resistirlo más, Lucas se puso encima de ella, le separó las piernas y entró en ella con un suspiro espasmódico que dio fe del poco dominio de sí que le quedaba. Hacía tiempo que Megan había perdido completamente el suyo. Levantó las piernas y le rodeó la cintura, urgiéndole a hundirse más profundamente en ella, enfrentándose a sus embites y respondiendo con gritos mientras que el ritmo se aceleraba hasta la explosión final.

Con un grito, Megan se vio lanzada hacia arriba y el mundo explotó a su alrededor. Apenas fue consciente de que Lucas tensaba todo el cuerpo al llegar al clímax y se le unía con un grito gutural antes de derrumbarse sobre ella. Megan se aferró a él, sintiendo que carecía de peso, de huesos, sólo consciente del inmenso placer que había encontrado entre sus brazos.

Cuando por fin regresaron a la penumbra cálida de la cama, ninguno tuvo fuerzas para moverse. A Megan no le importó. Le encantaba sentir su peso. Sin embargo, Lucas encontró fuerzas para rodar a un lado y abrazarla, de modo que estuvieran en contacto de la cabeza a los pies.

Megan le puso la mano en la mejilla y apoyó la

cabeza en el hueco de su hombro. Saciada, se quedó dormida.

Cuando se despertó era de día. Lucas seguía durmiendo y ella lo contempló, mientras se sentía llena de una serenidad que nunca había experimentado. Lucas parecía más joven cuando dormía, más relajado y libre de preocupaciones. Megan estuvo tentada de apartarle un mechón de pelo que le caía por la frente, pero se contuvo para no despertarle.

Tenía el corazón henchido de emoción. Quería preservar aquel instante para siempre porque era perfecto. Hacer el amor con Lucas había sido una experiencia mágica. Se sentía pletórica, en paz consigo misma y se dio cuenta de que lo que antes había confundido con aquella emoción, había sido una mera sombra de la verdadera. Allí era donde siempre había querido estar.

¿Siempre? Asombrada, reconoció la verdad. Sí, siempre, porque lo amaba. Para siempre, con todo su corazón.

Ahora entendía por qué le había recriminado a Lucas su vida sexual. No eran más que celos en estado puro. Se había enamorado de él a primera vista, aunque no se hubiera dado cuenta. La paz que sentía provenía de haberlo aceptado finalmente.

Sin embargo, aun cuando una sonrisa curvaba sus labios, la realidad alzó su feo rostro. No había un hogar para ella en ningún sitio, con nadie. Sobre todo, no con Lucas. En su ignorancia, Megan había pensado que para ella también podía ser un interludio romántico. Ahora se daba cuenta de que las emociones y los sentimientos lo cambiaban todo. Aquella vieja mano cruel volvió a estrujarle el corazón hasta que sintió un dolor que ningún analgésico podía mitigar.

Sintió que su felicidad se hacía añicos, que el arco iris que había iluminado su corazón se volvía gris. Aquello era todo lo que ella podría tener. Nada de amor para siempre y tampoco a corto plazo. No había modo de que tuviera una aventura con Lucas. Seguir adelante significaba aumentar el dolor. Sólo poniéndole fin en seguida conseguiría limitar las pérdidas. Tenía que tomar la decisión más dolorosa de su vida y el futuro le parecía negro y estéril.

La noche anterior había sido el principio del fin. Cerró los ojos y deseó tener el poder de volver atrás. Ahora se daba cuenta de que Lucas no debía saber nunca lo mucho que lo amaba. Todo le había estallado en la cara. Tenía que convencerle que sólo habían satisfecho su pasión, nada más. Tampoco era nada nuevo para él. Estaba segura de que no le rompería el corazón.

Lucas no debía encontrarla allí cuando despertara. Fue uno de los momentos más duros de su vida, Megan tuvo que soltarse de su abrazo con cuidado y levantarse sigilosamente. Recogió sus ropas y se metió en el baño. Estaba decidida a no llorar porque eso no iba a servir para nada. Sabía lo que tenía que hacer, de modo que sólo le quedaba apretar los dientes y ponerse manos a la obra.

Se duchó rápidamente, temiendo que el ruido del agua le despertara. Cuando volvió, Lucas no se había movido y pudo disfrutar de contemplarlo en su cama por última vez.

Se acercó a él, algo en su interior estaba a punto de explotar. Tenía que decirlo, aunque sólo fuera una vez.

—Te quiero, Lucas —dijo en un susurro—. Que Dios me perdone, pero te quiero. Yo...

Los labios empezaron a temblarle y cerró la boca. Se apresuró a salir de la habitación antes de hacer algo realmente estúpido como echarse en sus brazos. Bajó las escaleras al borde del llanto. Evitó la cocina, con sólo pensar en el desayuno se le revolvía el estómago. Podía ir a la oficina, aunque fuera sábado. Se había refugiado en el trabajo antes y podía volver a hacerlo en una mañana soleada. El sol era una ofensa, debería llover.

Dejó el coche junto al de Lucas. Lo había dejado allí el día anterior para ayudarla. El día anterior. Parecía que habían pasado años. Megan había tratado de esquivar el amor, pero el amor había sido más listo y se había colado en su vida cuando ella no estaba mirando. No había manera de eludir el dolor. Lo más curioso era que Lucas no tenía nada que ver con todo aquello. Él nunca le había pedido que le quisiera, era algo que ella se había buscado sola.

Se acercó al cobertizo de los barcos para ver cómo progresaba el trabajo de Ted. Era un artesano maravilloso, sus diseños cobraban vida en aquellas manos. Sin embargo, no encontró consuelo en la contemplación del barco a medio construir. Se había dejado el corazón en su casa, junto a un hombre moreno de ojos azules.

Suspiró. Salió del cobertizo y pensó ir a la oficina y prepararse un café. El sonido de un coche hizo que se quedara paralizada. ¿Podía ser Lucas? Pero no se trataba de Lucas, sino de un completo desconocido.

Parecía tener treinta y tantos años y tenía el físico de un tanque, con una nariz que había sido rota en más de una ocasión. Megan sintió un escalofrío de miedo. Aquél no era su tipo de cliente habitual. Ocultó su nerviosismo tras una sonrisa.

—Buenos días. ¿Desea algo? —preguntó.

El hombre se tomó su tiempo mientras echaba un vistazo antes de responder.

—Busco a Danny. ¿Está por aquí?

Megan contuvo el aliento alarmada. Sólo los nuevos amigos de Daniel le llamaban así. Sin embargo, aquel hombre tenía cara de pocos amigos. No sabía lo que estaba pasando, pero el instinto le dijo que demostrara sangre fría.

—¿Se refiere a mi hermano Daniel? No, no está aquí. Hace tres días que no lo veo.

—Hay otro coche ahí fuera —dijo el hombre sin disimular su desconfianza.

Megan hizo un esfuerzo para no decirle que eso no era asunto de su incumbencia.

—Pertenece a uno de mis empleados. Los gustos de Daniel se decantan más hacia los deportivos rojos. ¿Quiere que le dé algún mensaje si lo veo hoy?

—Sí, cariño. Dile que Vince quiere verle, y rápido —dijo con una risa burlona.

El gorila giró sobre sus talones y se fue. Megan se quedó inquieta. Aquel tipo no presagiaba nada bueno y volvió a preguntarse en qué líos se había metido su hermano. Estaba a punto de ir a buscarlo cuando le vio entrar.

Era patente que estaba tenso y preocupado. Sin embargo, lo que más le extrañó a Megan fue que llevara frac, signo inequívoco de que no había dormido en toda la noche.

—Te has levantado muy temprano —comentó él en tono casual.

Demasiado casual. Daniel estaba ocultando algo.

—Tú sí que sigues levantado hasta muy tarde. Nunca te veo, Daniel. ¿Dónde te escondes?

—No seas ridícula, no me escondo. ¿Por qué iba a esconderme? Además, no es la primera vez que trasnocho —dijo él, esforzándose por parecer relajado.

—Ya lo sé. Sólo que hoy he tenido un encuentro de lo mas curioso.

—¿Ah, sí? ¿En la tercera fase?

—Has tenido una visita. Se ha ido al ver que no estabas.

Daniel se relajó visiblemente, lo que no hizo sino aumentar la inquietud de Megan. Daniel la miró. Tenía la cara pálida y sin expresión.

—Bueno. Supongo que nos veremos luego.

—Sí, ésa es la impresión que me ha dado a mí. Ha dejado un mensaje.

—¿Sí?

—Dijo que Vince quería verte. Tengo la sensación de que mejor antes que después. Daniel, ¿qué está pasando?

Daniel dio un respingo, como si le hubiera pinchado con una aguja.

—Nada. ¿Por qué lo dices?

—Estás nervioso.

—Es porque tengo muchas cosas en la cabeza. Se me ha ocurrido una idea genial, creo que necesito unas vacaciones. No puedo acordarme de cuándo fue la última vez que hiciste un viaje, Meg. Podríamos irnos juntos. ¿Qué me dices?

Daniel puso una mano encima de la suya y se la apretó cariñosamente. Megan no sabía qué decir. Sólo sabía que las cosas debían ir muy mal si a Daniel sólo le quedaba la huida.

—¿Por qué ahora, Dan?

—Porque todo está muerto por aquí. Necesito divertirme. Podríamos darnos una vuelta. ¡Piensa cómo nos lo íbamos a pasar!

—No.

—¿Qué quieres decir con que no?

—Quiero decir que no pienso irme contigo a ninguna parte.

—¡Maldita sea! Contaba contigo. Tengo que largarme de aquí.

—¿Por qué?

Megan empezaba a sentirse muy nerviosa. Por un momento, pareció que él no iba a responder. Después se pasó una mano por el pelo.

—Le debo dinero a cierta gente.

—¿A qué gente? —preguntó ella tratando de dominar los escalofríos que le recorrían la espalda.

—Nadie que tú conozcas. Pedí prestado un dinero

para cubrir una apuesta. Sólo tenía que ganar una vez y habría podido pagar todas mis deudas.

—¿Debo entender que perdiste? —dijo ella, ocultando su alarma.

—Les pedí que me dieran un plazo para pagarles. Me dieron cuarenta y ocho horas.

—¿Cuánto debes?

Aquello parecía una película mala, pero Megan se sintió enferma al saber la suma total.

—El banco no quiere ayudarme, ni nadie. Me he vuelto loco tratando de encontrar una salida, incluso mis amigos me han dado la espalda.

No era momento para decirle que ya se lo había advertido, aunque Megan se sintió tentada a hacerlo.

—¿No puedes ir a hablar con esa gente y explicarles la situación?

—¡Maldición, Meg! Si voy a verlos sin el dinero, me romperán las piernas o algo peor.

Megan le creyó. Daniel estaba verdaderamente asustado.

—¿Qué piensas hacer?

—Irme del país.

—Si esa gente es tan desagradable como dices, tendrán buena memoria. Si te vas, nunca podrás volver. ¿No puedes acudir a la policía? ¿Decirles que te han amenazado?

—Despierta, hermanita. No hay manera de probar nada. Además, seguro que acabaría en el fondo del mar.

Aquello no era ni remotamente gracioso.

—¡Ay, Daniel! ¿Cómo has podido mezclarte con esos tipos?

—¡Porque necesitaba el dinero! ¿Es que no me escuchas?

Su rabia nacía del miedo. Megan juntó las manos en un esfuerzo por disimular el suyo.

—Te estoy escuchando. Sé que necesitas ayuda, pero no veo cómo puedo ayudarte.

Daniel la miró esperanzado.

—Pero sí que puedes. De acuerdo, quizá lo de las vacaciones no haya sido una buena idea. Pero podrías recurrir a tu parte de la herencia para ayudarme. Te prometo que te lo devolveré todo.

Megan se mordió los labios. Sabía que iba a destrozar su última esperanza, pero tampoco podía ofrecerle lo que no tenía.

—No tengo ese dinero, Daniel.

—Claro que sí —dijo él irritado—. Heredaste varios miles de libras cuando murió papá.

—Lo sé, pero ya no lo tengo. ¿Cómo demonios te imaginas que ha seguido funcionando el astillero? Llevo meses pagando las facturas de mi propio bolsillo. Estoy sin blanca, Daniel.

Daniel se quedó pasmado. Por una vez, no pensó en sí mismo ni en sus problemas.

—¡Dios! ¿Por qué no me lo dijiste?

—Porque no me habrías escuchado.

Daniel respiró hondo y se pasó una mano temblorosa por el pelo revuelto.

—Lo siento, Meg —dijo mirándola con ansiedad—. ¿No te queda nada?

—Casi nada.

—¡Dios!

Daniel se pasó las manos por la cara. Cuando volvió a mirarla, sus ojos parecían muertos.

—Empecé casi de broma, ya sabes. Una apuesta aquí, otra allí. Entonces empecé a ir al casino y... lo siguiente que supe fue que estaba enganchado. Perdí y luego seguí perdiendo. Por eso recurrí a Vince. No es amable con los malos pagadores. Pero no puedo devolverle el dinero, ¿qué voy a hacer ahora?

Megan se levantó de la silla y le pasó el brazo por los hombros. Sólo se le ocurría una solución.

—Creo que deberías ir a hablar con Lucas.

—¿Bromeas? —dijo él ofendido—. ¿Cómo voy a decirle que he sido un estúpido?

—Tendrás que decidir qué es más importante para ti, si tu orgullo o tu vida. Lucas puede ayudarte. Es tu amigo. Habla con él y sé sincero por una vez en la vida.

—Tienes razón —dijo su hermano al cabo de un rato—. He sido un imbécil, pero te recompensaré. Te lo prometo. Si Lucas me presta el dinero, nos desharemos de esto.

—¡No puedes vender el astillero!

Era toda su vida. ¿Qué iba a hacer ella? No le quedaría nada. Sin hacer caso de su hermana, Daniel cuadró los hombros.

—No quiero hacerlo, pero será la única manera de pagarle a él y a ti. Ya sé que significa mucho para ti, pero eres lo bastante buena como para encontrar trabajo en cualquier parte.

Megan quiso protestar, pero tragó saliva y se contuvo. Por un instante, Daniel parecía ser el mismo de siempre y no podía destruir eso.

—Tú sabrás lo que haces —dijo ella, tratando de sonreír sin conseguirlo—. Buena suerte, Daniel.

Megan abrió la ventana cuando se marchó su hermano. No podía perder el astillero. Era la única parte de su mundo que nunca le había fallado, el astillero era su roca. Le había entregado toda su devoción, todo lo que hubiera puesto en una familia. Sin él, su vida quedaba yerma.

Sin embargo, no estaba en sus manos. Todo su mundo se derrumbaba lentamente a su alrededor y ella sólo podía poner buena cara y fingir que no le importaba. Tendría que haber sido fácil con toda la práctica que tenía, pero no lo era. Algo le decía que nunca más sería fácil.

Capítulo 8

YA SABÍA YO que te encontraría aquí.

Megan se sobresaltó al oír la voz de Lucas. Estaba sentada en la hierba de la playa, perdida en sus pensamientos. Hacía horas que había cerrado el astillero, pero no había ido a casa. Se había quedado allí buscando un poco de paz y Lucas acababa de encontrarla.

El aire se electrificó de inmediato, todos sus sentidos se agudizaron hasta que casi pudo sentirle en la piel.

—Buen trabajo, Sherlock —dijo ella, volviéndose con una sonrisa.

Lucas se había puesto los vaqueros más decrépitos y ajustados que ella había visto en su vida. Llevaba la camisa abierta, como si acabara de ponérsela y mostraba su pecho incitante. De repente, Megan sintió la boca seca y le hormiguearon los dedos con la necesidad de acariciarlo. Se apresuró a mirar el río.

Lucas se sentó a su lado y estiró las piernas. Megan podía sentir que la miraba, pero se negó a darse la vuelta.

—Te he echado de menos al despertarme —dijo él mientras le pasaba un dedo por el brazo—. ¿Por qué no te has quedado?

—Lo siento, pero nunca he podido quedarme en la cama después de que amanezca.

—Yo habría hecho que mereciera la pena.

Sus caricias no cesaban. Aquel hombre era peor de lo que ella había imaginado. Tenía que detenerlo y Megan dijo lo primero que se le pasó por la cabeza.

—¿Has visto a Daniel?

Sintió que él se quedaba helado antes de retirar la mano. Megan se arrepintió de haber conseguido el efecto que había buscado.

—No. ¿Tendría que haberlo visto? —dijo él en un tono tan frío como el de ella.

—Le he dicho que fuera a hablar contigo.

—¿Por algo en particular?

Lucas la miró con ojos tormentosos cuando ella se dio la vuelta.

—Necesita ayuda —dijo ella débilmente.

Lucas estaba tan cerca que sólo necesitaba levantar la mano para tocarlo. Sin embargo, Megan se obligó a permanecer quieta.

—¿Qué pasa, Pelirroja?

—Es Daniel quien debe decírtelo.

Lucas le apartó un mechón de pelo de la cara y ella se quedó paralizada.

—No hablo del problema que tiene Daniel con el juego.

—¿Lo sabías? —preguntó ella perpleja.

—Claro que lo sabía —dijo él sonriendo con suficiencia—. No soy ciego ni estúpido. Además, siempre he adivinado cuando Daniel se metía en problemas. Una llamada telefónica me bastó para averiguar qué otros servicios ofrecía el club de campo y algunas preguntas cautelosas hicieron el resto. Esperaba que él viniera a verme por su propia voluntad. Lo que parece que va a hacer, gracias a ti. Pero eso no es lo importante ahora. Quiero saber lo que está pasando con nosotros dos, Pelirroja.

—No pasa nada.

—Entonces, ¿por qué has huido?

«Porque no podía quedarme», contestó su corazón dolorosamente.

—Yo no he huido —dijo ella, consiguiendo que no

le temblara la voz—. Ya te lo he dicho. Simplemente me he levantado.

—¿Incluso después de que anoche hiciéramos el amor?

La voz de Lucas se había convertido en un susurro devastador para sus sentidos. Los excitaba con el recuerdo de la hermosura que habían compartido. Y, porque no podía enfrentarse a eso, Megan supo que su respuesta tenía que ser absolutamente convincente. Se obligó a mirarlo fingiendo estar consternada.

—Bueno, ¿y qué? Hicimos el amor, nos lo pasamos bien. Fin de la historia.

—Comprendo. ¿De modo que es eso?

Aliviada de que él no estuviera dispuesto a montar una escena, Megan siguió con el papel que estaba representando.

—¿Esperabas algo más?

Lucas entornó los párpados, pero no dejó de mirarla.

—Sinceramente, Pelirroja, esperaba mucho más. Disfruté mucho anoche, pero no es suficiente.

Megan parpadeó. Conocía aquella sensación. Sin embargo, los dos la estaban experimentando por diferentes motivos. El suyo era amor, el de Lucas mero deseo. Aunque resultaba halagador que el interés de Lucas no hubiera desaparecido en una sola noche, sólo confirmaba el modo en que él veía su relación. Megan supo que estaba haciendo lo correcto.

—Lo siento, pero...

—Déjalo, Pelirroja. No soy ningún adolescente inexperto. Sé cuando una mujer me desea y, cariño, tú aún me deseas.

Megan sintió el calor en sus mejillas y tragó saliva. De repente, aquello no era lo que ella había esperado. Había decidido despedirse como amigos cuando él se diera cuenta de que no quería prolongar su relación, pero, por razones que no alcanzaba a imaginar, Lucas estaba decidido a que cambiara de opinión.

—¡No creo que sepas mejor que yo lo que quiero, Lucas!

—¿Lo niegas? Los dos sabemos que podría hacerte el amor aquí mismo y tú no te resistirías.

Los sentidos de Megan se rebelaron al oír aquellas palabras. Cuando Lucas la tocó, sintió que se fundía. Sabía que siempre sería igual, pero tenía que negarlo.

—¡No seas tan presuntuoso!

—¿Quieres que te lo demuestre? —dijo él furioso.

—Sería contra mi voluntad —dijo ella ofendida.

De inmediato, la expresión de Lucas se dulcificó.

—Lo sé. Y la persona con la que lucharías serías tú misma, Pelirroja. La cuestión es, ¿por qué? Saltan chispas del aire cuando estamos juntos, los dos sabemos que esto no se ha terminado. Entonces, ¿por qué lo haces?

—Cualquier mujer tiene derecho a decir no.

—Y el hombre a quien le importa tiene derecho a saber por qué.

Megan contuvo el aliento. ¿Qué estaba diciendo? Empezó a notar las garras del pánico en su estómago. No podía ser verdad, eran sólo palabras. La sangre se le heló en las venas. Tenía que acabar con aquello inmediatamente.

—Yo no te importo, Lucas.

—¿No, Pelirroja? Creo que eso lo sé yo mejor que tú, cariño —dijo él, contraatacando con sus propias palabras.

—¡No me llames así!

—¿Por qué no? Es lo que siento por ti.

Megan se puso en pie de un salto, cerró los puños y los apoyó en las caderas.

—Déjate de juegos conmigo, Lucas.

«Dime que sólo es un juego», suplicó en silencio. «Por favor, dime que sólo es un juego cruel».

Lucas también se levantó, pero no sonreía.

—Esto no es ningún juego para mí, es muy real. ¿De

qué estás huyendo, Pelirroja? ¿Por qué no confías en mí?

Megan creyó que iba a volverse loca. No podía ser verdad. Ella no le importaba, sólo estaba frustrado por perder una compañera de cama.

—¿Qué quieres que te diga? ¿Que huyo porque no quiero que me rompas el corazón? ¿Que no quiero volver a sufrir?

—Sólo la verdad —respondió él.

—La verdad es que ningún hombre me ha roto el corazón. Ninguno ha podido. Es más probable que yo les haya hecho daño. Es algo que no quiero repetir contigo, Lucas. No quiero hacerte daño.

—¿Por qué?

—¿Cómo? —preguntó ella tartamudeando.

—Es una pregunta muy sencilla, cariño. ¿Por qué no quieres hacerme daño? Nunca te han preocupado tanto los demás, ¿verdad?

Megan tenía la boca reseca. Se daba cuenta de dónde quería ir a parar. Era demasiado listo, demasiado astuto, pero ella no estaba dispuesta a dejarse manipular.

—No, pero siempre te he considerado un amigo, Lucas. Por eso no quiero herirte.

Megan contuvo la respiración mientras esperaba su respuesta.

—No te creo.

Megan no había anticipado una negativa tan tajante y no supo cómo reaccionar.

—¡Maldito seas! ¿Por qué no te enfadas como cualquier ser humano? —chilló ella.

Desesperada, vio que Lucas se echaba a reír.

—¿Es eso lo que quieres? —preguntó él con una voz aterciopelada que le puso a Megan los nervios de punta.

—¡Es lo que esperaba! —gritó ella cruzando los brazos sobre el pecho.

—Bien, cariño. Ya tienes lo que esperabas porque estoy furioso. Aunque no como tú piensas. No estoy furioso por lo que has hecho, sino por lo que no quieres hacer. Dices que no quieres hacerme daño y, sin embargo, no confías en mí. Eso sí me hiere, Pelirroja.

Megan sintió que la emoción le nublaba la mente. Sabía que él era sincero, pero ella no quería su sinceridad. No podía aceptarla, con lo que eso implicaba. Sin embargo, amándolo había descubierto lo mucho que le dolía herirle y se sintió obligada a llegar a un compromiso.

—Confío en ti, Lucas. Sabes que sí.

Lucas dio los pasos precisos para quedar cara a cara con ella y le puso las manos sobre los hombros.

—No, no en lo fundamental. Por el amor de Dios, Megan, puedo sentir tu dolor. Compártelo conmigo.

La súplica estuvo a punto de destrozarla. ¿Cómo podía saber él la agonía que sufría? Llevaba años ocultándola y nadie había sospechado antes. Lucas le ofrecía un consuelo y ella no se había dado cuenta de que lo necesitaba hasta ese momento. Sin embargo, las viejas costumbres se resistían a morir. Megan no quería que le tuviera lástima, no quería su compasión. El secreto debía permanecer encerrado en su corazón.

Megan no podía saber que su angustia se reflejaba en su rostro. Lucas sí la vio. Lanzó un juramento entre dientes y la besó en la boca. Para Megan, el mundo dejó de existir. El placer de sentir aquellos labios la dejó indefensa y, cuando abrió la boca para que él la invadiera con su lengua, el deseo la abrasó. No podía negar que lo necesitaba desesperadamente. Respondió a su beso durante unos segundos vitales, poniéndose de puntillas para apretarse contra él mientras el beso se convertía en fiebre.

Entonces, Lucas la apartó de sí y ella tropezó. Dio un paso atrás y se llevó la mano a los labios ardientes.

—¿Por qué has hecho eso?

Megan se pasó la lengua por los labios y pudo distinguir su sabor. Su cuerpo le demandó más al instante.

—Porque me lo suplicabas con la mirada. No te preocupes, no voy a violarte. Pero no pienses que esto ha terminado. De un modo o de otro, acabarás diciéndome la verdad.

Con aquellas palabras de advertencia, le acarició la mejilla suavemente y se alejó de allí deprisa.

Megan le vio irse con el corazón latiéndole ansiosamente. Lucas había insinuado que sus sentimientos por ella eran algo más que meramente sexuales, pero no podía ser verdad. No podía ser amor, era imposible que Lucas la amara. ¡No! No podía seguir pensando de ese modo. Lucas no la quería, nunca la había querido y nunca la querría. Ella no lo deseaba. No sería un motivo de alegría, sería lo peor que podía pasar. Megan podría soportarlo todo menos eso.

Se dejó caer sobre la hierba y recogió las piernas contra el pecho.

—Por favor, Dios mío. No permitas que me ame.

No lloró. Estaba exhausta y se tendió en la hierba al sol. Cerró los ojos y, sin darse cuenta, se quedó dormida.

Se despertó horas después. El sol se había movido y la había dejado en la sombra. Se levantó del suelo, tenía frío. Una mirada al reloj le dijo que era media tarde. Cuando volvió a su coche, se dio cuenta de que el Jaguar de Lucas había desaparecido. Casi de inmediato se dijo que no importaba, que no tenía que pensar en él. No tardarían en tomar caminos separados y ella tendría que dedicarse a recoger los pedazos rotos de su vida.

Mientras se dirigía a su casa, se preparó para enfrentarse con él, pero no estaba allí. Daniel tampoco. Esperaba que todo hubiera ido bien entre ellos, tenía la seguridad de que Lucas sabría qué hacer.

Se obligó a comer un sandwich que no le apetecía

y salió al jardín para pasar el resto de la tarde arrancando las malas hierbas. El sol se ponía cuando dejó de trabajar. Sólo había visto a Ted, que se había acercado a decirle que iba a cenar fuera. Megan se duchó y se puso una camiseta que le quedaba grande, unas mallas y unas braguitas frívolas de color rosa. Estaba poniéndose unos pendientes de oro cuando oyó un coche y supo que los dos hombres habían regresado.

Encontró a Daniel en el salón. Se había sentado en el sofá con los pies encima de la mesa. Megan se dio cuenta que estaba solo.

—Me ha parecido oír a Lucas —dijo sentándose a su lado.

Daniel se desperezó lánguidamente.

—No te equivocas. Está en el estudio. Ha dicho que tenía que hacer una llamada —dijo su hermano sin hacer caso de su gesto interrogante.

—Bueno, ¿no vas a contarme qué ha pasado?

Daniel trató de mantenerse serio, pero le resultó imposible. Al final, le dedicó su sonrisa irónica de siempre.

—Lucas sabe cómo jugar con los triunfos en la mano. Es lo que tú decías, Meg.

—¿Ha dicho que iba a ayudarte? —preguntó ella sintiéndose inmensamente aliviada.

—¡Ya lo ha hecho! Me daba mucha vergüenza, pero sabía que he estado a punto de arruinarnos y al final me decidí a hablar con él. Lucas se ha portado maravillosamente. No me ha criticado, se limitó a escuchar lo que tenía que decir y luego me preguntó cuanto necesitaba.

—¿Y ya está?

—Bueno, no exactamente. Me ha dicho que tenía ganas de darme una azotaina, pero como sabía que tú querías que me ayudara, estaba dispuesto a hacerlo a condición de que me ponga en tratamiento. Ya sé que me he portado como un imbécil, pero no lo soy tanto como para no saber que necesito ayuda profesional. Necesito aclararme si quiero arreglar las cosas contigo. Sin embargo, antes que nada hay que levantar el astillero.

—Creí que ibas a venderlo —dijo ella frunciendo el ceño.

—A Lucas no le ha parecido una buena idea. Cree que lo arreglaremos con una inyección de fondos. Quiere hacerse socio, de ese modo solucionaremos el problema de la liquidez y yo os podré ir pagando con los beneficios.

Megan había esperado que Lucas les ayudara, pero no hasta ese extremo. Estaba corriendo muchos riesgos por ellos.

—¿Y tú has aceptado? —preguntó, aunque no era necesario.

—¿Que si he aceptado? Es justo lo que necesitábamos. Hará falta trabajar duro, claro. Ha sido culpa mía, jamás debí dejar que las cosas llegaran tan lejos. Te recompensaré, te lo prometo.

Megan se mordió los labios. Daniel no era ningún santo. Mantendría su palabra respecto al juego, pero era un hombre demasiado inquieto y acabaría marchándose de allí. Nunca podría hacerse cargo de levantar el astillero.

—A propósito, tienes otro encargo. Lucas quiere que diseñes un barco de regatas especialmente para mí. De ese modo, podré hacer la promoción que el astillero se merece. Vamos a estar en la cresta de la ola, Meg. Espera y verás.

Aunque le gustaba ver que su hermano había recuperado el entusiasmo, se daba cuenta de que todos sus planes estaban inspirados por Lucas. Como por arte de magia, Lucas apareció en la puerta. Estaba casi demasiado atractivo con una camisa azul y unos pantalones blancos. Llevaba en la mano un vaso y la otra la tenía metida en el bolsillo.

—No voy a quedarme a cenar, de modo que podéis celebrarlo vosotros dos como más os guste. No bebas mucho, Dan. Recuerda que se te han acabado las vacaciones.

Lucas se marchó tan rápidamente como había llegado. Los hermanos se quedaron mirándose.

—No sé qué le pasa —dijo Daniel—. Lleva así toda la tarde. Por lo general, es un tipo que se concentra fácilmente, pero hoy tenía la cabeza en otra parte. ¿Te ha comentado algo, Meg?

—No —mintió sabiendo perfectamente que había estado pensando en ella.

—Yo creo que se trata de una mujer. Me pregunto si no se habrá enamorado y esa chica se las está haciendo pasar moradas.

Daniel se echó a reír. Por desgracia, Megan estaba demasiado susceptible.

—No seas tonto, Daniel. Ya sabes que Lucas las lleva a todas de calle.

—No desde que está aquí. La verdad es que la única mujer con la que sale eres tú.

—Si te atreves a decir que Lucas se ha enamorado de mí, te juro que te doy una bofetada, Daniel.

Su hermano levantó las manos.

—¡Eh! Yo no he dicho nada. Además, ¿qué tendría de malo?

—¡Todo! ¿No te das cuenta? Sería... sería...

Megan no pudo terminar. Apretó los labios, fue a la ventana y se quedó mirando al exterior. Daniel, por su parte, se había quedado con la boca abierta. Nunca había visto a su hermana tan tensa.

—Te has enamorado de él, ¿verdad? —preguntó, aunque no necesitaba que le respondiera.

—Lucas no me ama —dijo ella entre dientes.

Pero, naturalmente, Daniel no entendió que trataba de convencerse a sí misma más que a él.

—Creo que te equivocas. No me sorprendería que te quisiera. Ahora que lo pienso, siempre ha sentido debilidad por ti. Y cuando digo siempre, quiero decir desde que éramos críos.

—¿Es que no lo entiendes? ¡No quiero que él me ame! ¡No quiero que nadie me ame! ¡No podría soportarlo!

—Pero... si tú lo quieres...

—Prefiero que se enamore de cualquiera antes que de mí.

—¡Eso es una tontería sin sentido, Meg!

—¡Ah! Claro que tiene sentido, vaya que sí. Ahora, si no te importa, no tengo ganas de discutir. Dime qué quieres para cenar.

Daniel se la quedó mirando un momento y se tragó lo que iba a decir.

—Ya no tengo apetito. Creo que voy a trabajar un poco en el estudio.

—Te dejaré preparado un sandwich —dijo ella sintiéndose culpable—. Puede que luego te dé hambre.

—No te entiendo, Meg.

—Lo sé —dijo ella con lágrimas en los ojos—. Tendrás que confiar en mí, sé lo que me hago.

Daniel sacudió la cabeza desanimado y desapareció dejándola sola. Meg se cubrió la cara con las manos. ¿Qué hacía chillándole a su hermano? Estaba derrumbándose, todo su mundo se derrumbaba. Y todo por culpa de Lucas.

Sin embargo, el amor nunca había sido una opción para ella. Entonces, ¿por qué le dolía tanto apartar a Lucas de su lado? El corazón tenía la respuesta que la mente se negaba a ver. Quería a Lucas. Quería al hombre de carne y hueso, no a una idea abstracta. Renunciar a una idea era fácil, renunciar al amor de su vida estaba destrozándole el corazón. Nunca había creído que fuera tan duro, pero lo era.

Tenía que acabar cuanto antes con aquella situación. Aquella misma noche, cuando Lucas volviera a casa, ella estaría esperándole. Aquella vez iba a conseguir sus propósitos. Era imprescindible que tuviera éxito. Concebir otra posibilidad era impensable.

Las horas pasaron lentamente. No le interesaba nada de lo que había en la televisión. Al cabo, subió a su habitación y se acomodó a esperarle en la ventana. No pretendía quedarse dormida, pero cuando se despertó era medianoche. Oyó la puerta de un vehículo. Tenía que ser él porque Daniel se había ido a la cama antes que ella. Se levantó del asiento entumecida, se pasó una mano por el pelo y salió al pasillo.

La habitación de Lucas estaba en el otro extremo. Cuando llegó, no se veía luz por debajo de la puerta. Megan dudó unos momentos y acabó abriendo.

Al principio, pensó que no había nadie en el cuarto. Sin embargo, cuando sus ojos se acostumbraron a la oscuridad, vio que estaba sentado sobre la cama, con la espalda apoyada en la cabecera. Incluso con aquella penumbra podía ver el brillo de sus ojos. Megan cerró la puerta y apoyó la espalda en ella.

—Tengo que hablar contigo —dijo con firmeza.

—Naturalmente, no podías esperar hasta mañana —respondió él con sorna.

—No.

Megan se dio cuenta entonces de que Lucas llevaba puesto un albornoz. Pensó que no debía llevar nada más. Aquello era una distracción que no le facilitaba las cosas. Lo único que podía hacer era ignorarlo, algo bastante difícil, ya que Lucas la atraía irresistiblemente.

—Bueno, ¿qué es eso tan importante que te trae a mi habitación a la hora de las brujas? ¿Ya no te preocupa tu reputación?

Megan apretó los dientes sabiendo que él se proponía dilatar aquella charla. Alzó la barbilla, decidida a mantener la sangre fría.

—Antes que nada, quiero agradecerte la ayuda que le has prestado a Daniel. Has sido muy generoso.

Lucas recogió una pierna y apoyó el brazo sobre la rodilla.

—Es mi mejor amigo. Tú sabías que no iba a fallarle.

Megan tuvo que pasarse la lengua por los labios para poder continuar.

—Sí, lo sabía. Pero incluso la lealtad tiene sus límites. No esperaba que te ofrecieras a ser socio del astillero, ni que encargaras un barco de regatas para Daniel. Te lo agradezco mucho, pero no entiendo por qué has tenido que llegar a esos extremos.

—¿Ah, no?

A Megan se le puso la piel de gallina al sentir las oleadas de energía que brotaban de él. Se dio cuenta de que había cometido un error al ir a su habitación. Tendría que haber esperado al día siguiente. Sin embargo, era demasiado tarde para echarse atrás.

—Sé que tienes un buen corazón, Lucas, pero...

—Pero nada —le interrumpió él—. No lo hago porque tenga un corazón bondadoso, Pelirroja. Lo he hecho por ti.

—¿Por mí?

—Se lo importante que es el astillero para ti.

—Claro, siempre ha sido el negocio de esta familia.

—Es algo más —dijo él—. Por algún motivo que aún no he logrado desentrañar, sé que el astillero es toda tu vida. Me parece raro decirle esto a una mujer que tiene tanto que dar.

—Sabes que eso no es verdad —replicó ella.

—No, no lo sé. Me has vuelto loco. Lo único que sé es que te necesito.

El corazón se le encogió al oírle. Era increíble que algo que debía provocar alegría causara tanto sufrimiento. Junto con el «te quiero» eran las palabras que una mujer más deseaba escuchar. Pero, para Megan, sólo significaban horror y pesadilla. Tenía que detenerle antes de que siguiera adelante, antes de que pronunciara las palabras que podían explotarles en la cara.

—Ahora me vas a escuchar, Lucas. Esto tiene que acabarse. Ya no es divertido. Los dos sabemos que no me necesitas.

—Ahí es donde te equivocas. Te necesito mucho.

Megan tuvo que clavarse las uñas en la palma de la mano.

—Estás hablando de deseo, de pura y simple lujuria —dijo ella en tono implorante.

Lucas puso los pies en el suelo y se acercó a ella. Megan empezó a retroceder y luego se obligó a mantenerse en su sitio. Tuvo que morderse los labios cuando él le puso una mano a cada lado de la cara y atrajo su cabeza hacia sí.

Un gemido de desesperación brotó de su garganta. Lucas encontró sus labios y la abrasó con sólo rozarlos. Apenas la había tocado pero había tomado posesión de toda su alma. Megan deseaba hundirse en su abrazo y no apartarse de él nunca. Era un paraíso que estaba a su alcance, pero también era la dulzura de un infierno.

—No quiero esto otra vez —dijo ella.

—Sí que lo deseas —dijo él, besándola en la cara y en los ojos—. Déjate llevar, Pelirroja. Yo te cuidaré, te lo juro.

—¡Tienes que dejar de hacer esto! —protestó ella una vez más.

—Para mí sería más fácil dejar de respirar que dejar de desearte.

Megan empezó a temblar y contempló aquellos ojos que brillaban en la oscuridad y que la invitaban a ahogarse en ellos. Sintió que los viejos puñales de hielo volvían a hundirse en su corazón.

—No me obligues a hacerte daño. Lucas —suplicó.

—Vas a tener que emplearte a fondo, Pelirroja. Te guste o no, tú eres la mujer que yo quiero.

Megan tenía los ojos llenos de lágrimas.

—Se suponía que esto no tenía que pasar.

Sí, se suponía que ella tenía que rechazarlo y no

abrazarse a él como si no quisiera soltarle nunca. Lucas la apartó de sí para mirarla a la cara y Megan vio ternura en sus ojos.

—¿Ah, no? ¿No te acuerdas? Te dije al principio que nadie podía darle órdenes al amor.

Aquella vez, el beso fue sensual y ávido. Lucas no le permitió escabullirse, asaltó su boca con una ferocidad salvaje. Megan sintió que sus entrañas empezaban a licuarse. Intentó aferrarse a la cordura, pero era inevitable que sucumbiera.

Era demasiado doloroso renunciar a lo que su corazón necesitaba tan desesperadamente. Sabía que iba a lamentarlo toda la vida, pero estaba dispuesta a pagar un precio alto por aquellos instantes robados al destino. Con un sollozo ahogado, capituló, se dejó caer contra su cuerpo musculoso, le echó los brazos al cuello y hundió los dedos entre su pelo. Para bien o para mal, ¡Lucas era suyo! Y como si hubiera leído sus pensamientos, él dejó de besarla y la miró a los ojos.

—Eres toda mía, Pelirroja.

Megan hizo oídos sordos a toda precaución. No quería pensar. Mañana... Mañana sería otro día.

—Sí —susurró.

Lucas le pasó la yema del pulgar sobre los labios hinchados y ella cerró los ojos.

—¿Qué? ¿No quieres que discutamos?

Megan levantó los párpados, sus ojos eran un hervidero de emociones.

—No me dejes pensar, Lucas. Haz que esta noche dure para siempre.

Lucas la alzó en brazos.

—Lo que tú quieras. Sólo tienes que pedirlo.

Lucas la llevó a la cama y la depositó suavemente sobre el edredón.

Capítulo 9

CUANDO MEGAN se despertó, hubo un momento en que se sintió inundada de una felicidad beatífica. Suspiró, giró la cabeza sobre la almohada y una sonrisa lenta empezó a formarse en sus labios.

—Cuando sonríes así, ¿es tan extraño que te quiera?

La sonrisa desapareció y abrió los ojos. Lucas estaba acostado a su lado, apoyado sobre un brazo, contemplándola. Tenía el pelo revuelto y estaba gloriosamente desnudo.

—¿Qué has dicho?

Tenía la garganta tensa, como la piel de un tambor. Lucas había sido fiel a su palabra y no le había dejado un momento de respiro para pensar. Pero ahora sí estaba pensando y sabía que había llegado la hora de la verdad.

Lucas le sonrió, malinterpretando su sorpresa.

—He dicho que te quiero.

Megan apartó la cabeza y esquivó un beso. Todavía no se atrevía a mirarlo a la cara.

—No sabes cuánto desearía que no hubieras dicho eso.

La tensión de Lucas era tangible, pero la única señal externa era un músculo que palpitaba en su mandíbula.

—La verdad es que esperaba de ti otra reacción.

—¿De verdad esperabas que yo también dijera que te quiero? —se burló ella.

Los ojos de Lucas relampaguearon de furia.

—¿Por qué no? No sería la primera vez.

—¡Oh, no! No es posible que...

—¡Oh, sí! Estaba despierto —dijo él, tratando de controlar su ira y viendo cómo ella se ponía pálida.

—¡No!

Megan se apartó de él como si la cama le permitiera encontrar algo con que cubrir su desnudez. Sólo encontró la almohada y se tapó como pudo.

Lucas también se sentó.

—Ya no puedes seguir escondiéndote de mí, Megan. No te voy a permitir que me pongas furioso ni que cambies de tema. Estaba despierto cuando saliste del baño. Te oí decir que me amabas, pero también oí el temor que había en tu voz. No lo comprendí, pero supe que necesitabas tiempo. De modo que, en vez de descubrirte que estaba despierto, te di ese tiempo. Pero siempre que trato de hablar contigo sales huyendo. No sé por qué. Incluso después de hacer el amor te empeñaste en negarlo. Pero ya no te lo voy a permitir. Te quiero, Pelirroja, y sé que tú también me quieres. Quiero oír cómo lo admites.

—¿Por qué? Eso no cambiaría nada.

Tenía que encontrar la salida de aquella situación y miró de reojo hacia la puerta. Lucas hizo un gesto negativo.

—Nunca lo conseguirás, aunque puedes intentarlo si quieres. ¿No? Bien, cuéntame qué es lo que no cambia.

La había atrapado y, aunque parecía relajado, Megan sabía que no lo estaba.

—No quiero que me ames —dijo dolorosamente.

—Ya es demasiado tarde para eso, Pelirroja. Fue demasiado tarde desde el momento en que volví a verte.

—Entonces, quiero que dejes de quererme.

—Lo siento, eso es algo que no puedo hacer.

—¡Pero tienes que hacerlo! No puedo soportar que me quieras, prefiero que me odies.

Porque el odio cauteriza las heridas y ella iba a hacerle daño. La ternura de aquellos ojos azules la dejó sin aliento, como siempre.

—Lo siento, pero no es posible. Y pienso seguir queriéndote hasta el día en que me muera.

—¡No digas eso! —exclamó ella conteniendo un sollozo.

—Es la verdad y la verdad no puede hacerte daño.

¡Claro que podía! Era como si le clavara una estaca en el corazón. Megan sintió que ya no podía dominar el temblor de su cuerpo.

—¡No puedo soportarlo más!

Saltó de la cama, pero Lucas la alcanzó antes de que llegara a la puerta. Megan se debatió como una fiera salvaje, pero él era demasiado fuerte. Al final, se derrumbó contra su pecho, respirando entre jadeos.

—¿De qué tienes tanto miedo? ¿Qué tiene de terrible que yo te quiera?

Megan alzó la cabeza y vio más allá de la rabia el dolor que había en sus ojos. Sintió que las lágrimas brotaban de los suyos.

—Porque te haría daño, igual que te lo estoy haciendo ahora. Por favor, Lucas. Deja que me vaya.

—No, quiero saber qué pasa. ¿No te das cuenta de que tengo que saberlo? He estado esperándote la vida entera. ¿De verdad crees que me voy a rendir sin luchar?

Megan se llevó una mano a los labios temblorosos. Nadie le había hablado nunca con una emoción tan profunda.Era hermoso, pero era mortífero. Lucas estaba desnudando su alma ante ella en un intento de hacerle confiar en él. Un gemido se escapó de su garganta.

—¡Esperas demasiado de mí, Lucas!

—¿Porque quiero que me ames?

—Pero eso no es todo, ¿verdad? ¿No querrás casarte conmigo? ¿No querrás tener una familia?

—Naturalmente —dijo él con precaución.

—Quizá sea natural para ti, pero no para mí. Yo no quiero esas cosas.

—Pero te encantan los niños. Lo he visto con mis propios ojos.

—Te he dicho más de una vez que no quiero niños —le recordó ella con frialdad.

Lucas se apartó unos centímetros de ella tratando de mirarla a la cara, pero Megan ocultó el rostro.

—Muchas mujeres dicen eso y luego cambian de opinión.

—Yo no cambiaré de opinión.

—Quizá tengas que hacerlo —dijo Lucas riéndose.

—¿Qué quieres decir? —preguntó ella desorientada.

—¿No se te ha ocurrido? Hemos hecho el amor varias veces y sin ninguna protección. Podrías estar embarazada mientras estamos discutiendo.

Megan soltó una carcajada, una risa dura, completamente desprovista de alegría.

—No, no es posible. He tomado la píldora durante años y no tengo la menor intención de dejarla.

Lucas la soltó del todo. Megan sintió frío. Vio su camiseta en el suelo y se la puso.

—¿Ni siquiera por mí? —preguntó él.

—Hay unos límites muy claros para lo que estoy dispuesta a hacer por amor —dijo ella—. No hay modo de que corra el riesgo de tener que soportar unos niños que no deseo. Y es algo que agradezco —mintió.

Nunca había sido fácil y nunca lo sería. Parecía que Lucas no sabía qué decir. Se pasó ambas manos por el pelo. Se levantó y se puso el albornoz, atándose el cinturón con rabia. Megan lo miró con tristeza, queriendo consolarle sin poder.

—Pero dijiste que me querías —insistió él mirándola como si de repente le hubiera crecido otra cabeza.

—Te dije que no quería hacerte daño, Lucas. Sí, te quiero, pero no busco las mismas cosas que tú. Lo siento.

Megan se acercó a él, pero Lucas se lo impidió.

—Gracias, pero no necesito que me tengas lástima. No me gusta esa manera que tienes de querer.

Megan le dio la espalda con el pretexto de recoger el resto de su ropa. Las manos le temblaban tanto que fue un milagro que lo consiguiera. Se sentía muerta por dentro. Había conseguido que la creyera, pero a costa de herirle. Algo que nunca podría perdonarse. Se pasó la lengua por los labios, preparándose para martillear el último clavo en el ataúd.

—Lo superarás con el tiempo. Cuando tengas tiempo para pensarlo, llegarás a la conclusión de que nunca me has querido.

Ya no pudo decir nada más. Megan dio media vuelta y se dirigió a la puerta.

—¿Y tú? —preguntó él cuando tenía la mano el pomo—. ¿También llegarás a la conclusión de que nunca me has querido?

«Te querré siempre», gritó su corazón.

—¡Oh! Yo tengo un corazón muy inconstante, pero quizá te siga amando hasta que aparezca el próximo hombre.

Megan salió, cerró la puerta y se apoyó contra ella. Aquel era el precio de una noche de pasión. No debería haberlo hecho, pero no había podido renunciar a unos pocos momentos de felicidad. Ahora tendría que vivir recordando que había destruido lo más valioso del mundo, el amor de Lucas.

Incómoda con su culpa, fue a su habitación. Se sentó en el taburete de su coqueta y ocultó el rostro entre las manos. En unos pocos días, había quebrantado todas sus normas. Había creído conocer lo que era el dolor, ahora se daba cuenta que eso no era nada comparado con lo que sentía.

Una lágrima rodó por su mejilla, pero la secó con la mano y se levantó. No tenía tiempo para llorar. En unas pocas horas, tendría que volver a enfrentarse con Lucas, en su rostro no podía haber la menor señal de sufrimiento. No dejaba de repetirse que había hecho lo correcto. Había dejado a Lucas libre para que encontrara otra mujer que pudiera darle todo lo que él soñaba, todo lo que él se merecía. Era un hombre honrado que había tenido la mala suerte de enamorarse de la mujer que, muy a su pesar, debía negarle los dones más preciados de la vida, el amor, la familia...

Casi eran las nueve y media cuando Megan bajó a desayunar. Se había arreglado lo mejor que había podido, pero una mirada al espejo le había hecho saber que parecía un fantasma. Se sentía hueca, vacía, como si bastara una pluma para aplastarla.

En contra de sus esperanzas, encontró a Lucas en la mesa de la cocina tomando café. Hubiera querido escapar, pero tuvo que levantar la barbilla y hacerle frente a su destino. Megan no era una mujer cobarde y había tomado una decisión. No pensaba echarse atrás, de modo que, cuanto antes se acostumbrara a la presencia de Lucas, antes recuperaría las fuerzas. Quizá algún día podría volver a mirarlo sin sentir aquel dolor tan agudo.

Lucas todavía no se había dado cuenta de que ella había entrado. Megan hizo un esfuerzo para no ceder a la ternura. Lucas no debía descubrir en ella signos de afecto, era inteligente y podía sospechar que le había mentido.

Sin embargo, aunque trató de no hacer ruido, Lucas levantó la cabeza. Entonces, para su sorpresa, le sonrió. Era lo último que esperaba de él. Para ella, fue como si el sol hubiera salido en su interior. Era algo sencillo y hermoso y, sin embargo, le hizo más daño que ninguna otra cosa en su vida. Megan no podría haber pronunciado palabra aunque su vida hubiera dependido de eso.

—Buenos días. Supongo que sigue sin interesarte el matrimonio, ¿verdad? ¿No? Entonces, ¿qué tal una taza de café? Por tu aspecto, pareces necesitarla.

Megan consiguió llegar a la silla más cercana y se sentó. Aquel extraño comportamiento la había desconcertado.

—¿Cómo dices? —balbuceó.

Lucas le sonrió irónicamente y le sirvió un café. Megan se la quedó mirando, no tenía la menor idea de lo que estaba pasando allí.

—Supongo que te habrás dado cuenta de que eres la única mujer con la que estoy dispuesto a casarme, ahora y siempre, ¿no?

Megan lo miró con incredulidad. ¿Cómo podía decir aquello?

—Ya encontrarás otra persona, Lucas.

—No. O tú o ninguna. Pelirroja.

—¿Por qué tenemos que hacernos esto? Yo creía...

Lucas se sentó cómodamente en una silla y la miró fijamente.

—¿Creías que todo había terminado? Por desgracia, tengo muy buena memoria.

Megan no podía apartar sus ojos de él. Como un conejo desalumbrado por los faros de un coche, sólo esperaba el momento del impacto.

—¿Y qué crees haber recordado?

Megan se sentía atrapada y no sabía que se le notaba en la cara. Lucas la miró y apretó los dientes antes de suspirar y levantarse. Anduvo hasta situarse detrás de ella y apoyó las manos en el respaldo de la silla. Megan estaba a punto de estallar. Quería cerrar los ojos y dejarse arrastrar por sus caricias. La voz de Lucas interrumpió sus pensamientos desesperados.

—He recordado lo que dijiste la primera noche que nos vimos aquí. Acababas de romper con el hombre que estabas saliendo. Dijiste que, aunque creyera que te amaba, no lo haría siempre. ¿Te suena de algo?

Megan cerró los ojos. Había olvidado lo peligroso que podía ser Lucas.

—Eso no significa nada —dijo ella temblando.

—Entonces, ¿por qué tiemblas?

Lucas comenzó a masajearle los hombros, un movimiento rítmico que encendió fuego en sus entrañas.

—Tengo frío —mintió ella.

No dijo más porque estaba ardiendo y Lucas tenía que notarlo por fuerza. Sabía exactamente lo que sus caricias desataban en ella.

—No, yo creo que tienes miedo, Pelirroja. Tienes miedo de que yo averigüe algo. Y haces bien en tenerlo, porque no pienso abandonar —dijo él en voz baja, inclinándose para darle un beso en la coronilla.

Megan se estremeció con una mezcla de placer y de horror. Se apartó de él bruscamente.

—¡Tienes que dejarlo! —exclamó ella levantándose.

Lucas la miró con un rostro inexpresivo, preparado para luchar tanto como fuera necesario.

—¿Por qué?

—¡Porque lo digo yo! —gritó ella.

Entonces, alarmada por la intensidad de las emociones que hervían en su interior, fue al fregadero y se aferró a él con las dos manos.

—Tienes que olvidarte de mí, Lucas. ¿Por qué no puedes ser como los demás y marcharte sin pensarlo dos veces?

—Porque no soy como los demás. Yo soy el hombre que te quiere.

—Nunca sería lo suficiente.

—¿Suficiente para qué?

—Para hacer que dejara de odiarme a mí misma. Por eso tienes que olvidarme. Los dos sabemos que podrías hacerme ceder, pero seguiría odiándome. Te suplico que no sigas adelante.

—Voy a hacer un trato contigo —dijo él—. Sólo tienes que decirme la verdad, la pura y desnuda verdad. Entonces, y sólo entonces, dejaré de intentarlo.

Megan tenía lágrimas en los ojos. Lucas le estaba pidiendo lo imposible.

—No puedo.

—Eres una mujer testaruda, Pelirroja. Si no te quisiera tanto, te estrangularía. Voy a irme antes de ceder a la tentación. Pero no te preocupes, volveré. Puedes estar segura.

Megan se quedó sola, sintiendo que había librado un combate a quince asaltos con un campeón de pesos pesados. Lucas no iba a rendirse. Pero ella tenía su orgullo y no quería su piedad. De algún modo, tenía que encontrar la manera de detener todo aquello antes de que fuera demasiado tarde.

El teléfono sonó en el recibidor Megan fue a contestar.

—¿Hola? Soy Peggy. He pensado en llamarte para ver si te apetecía venir a tomar café con nosotros. Jack se ha llevado a los chicos de pesca, de modo que estoy sola con la pequeña. Tenemos toda la mañana para nosotras.

Megan descubrió que la idea le parecía atractiva. Podría alejarse de allí y no tendría que ver a Lucas.

—De acuerdo, voy hacia allá.

—¡Estupendo! ¿Te acuerdas del camino? Bien. Nos vemos dentro de una hora. Hasta luego.

Megan colgó el teléfono pensando que Peggy era una verdadera salvavidas. Si alguien tenía influencia sobre Lucas, ésa era ella. No tuvo dificultad en encontrar la casa y se había animado notablemente cuando detuvo el coche frente al garaje. Peggy salió a recibirla con la niña en brazos.

—Me alegro mucho de que hayas podido venir. Los chicos son maravillosos, pero también es bueno conversar con una persona adulta de vez en cuando.

Megan se acomodó en una de las tumbonas del patio mientras Peggy dejaba el bebé en su sillita.

—¿Cómo te encuentras, Megan? Tengo que admitir que me dejaste preocupada el otro día.

—Me encuentro bien —empezó y entonces suspiró—. No, no es verdad. Me avergüenzo de mí misma por haber montado aquella escena. Fue algo muy desagradable.

—¡Bah, tonterías! ¿Dónde vas a montar una buena escena si no es en casa de los amigos?

Megan se miró las manos.

—Sí, pero tú eres amiga de Lucas, no mía.

Peggy frunció el ceño y la miró con preocupación.

—Espero poderlo ser de los dos.

Megan se pasó la lengua por los labios y le sonrió débilmente.

—Esperaba que dijeras algo así porque tengo que pedirte un favor.

—¿Sí? —dijo Peggy, inclinando la cabeza con curiosidad.

—Quiero que convenzas a Lucas de que salga de mi vida.

—Pero Megan...

—¡Debes hacerlo!—exclamó Megan sujetándola del brazo—. Si eres una amiga de verdad, debes hacerlo por mí. ¡Es lo mejor para él! —insistió sin darse cuenta de que le estaba clavando las uñas.

Peggy ignoró el dolor.

—¿Pero tan serio es?

—Sí.

—No puedo saber qué está pasando, pero tengo el presentimiento de que no has tomado la decisión más correcta. Vosotros os queréis.

Aquello hizo que Megan frunciera el ceño y la soltara. Peggy se frotó el brazo inconscientemente.

—¿Tú cómo lo sabes? ¿Has visto a Lucas?

—Bueno, llamó por teléfono. Parecía furioso.

—Más a mi favor para que hagas lo que te pido. Se niega a olvidarme, por mucho que yo trate de convencerle. Tendrás que hacerlo tú.

—Ya veo que significa mucho para ti —dijo Peggy—. Pero no puedes pretender que convenza a Lucas de hacer algo sin saber por qué. Tengo que saber tus motivos, Megan. ¿No puedes contármelo?

Megan se sintió desfallecer. Sin embargo, Peggy era su última esperanza.

—Nunca se lo he contado a nadie. Me juré a mí misma que nunca lo haría. Pero no hay más remedio, ¿verdad?

Peggy estaba conmovida ante el dolor que veía en ella y le sonrió con dulzura.

—No tienes que contarme nada si no quieres.

—No, te lo diré porque necesito que me ayudes. Todo ha salido mal. Yo no quería enamorarme de Lucas y, cuando me di cuenta, traté de cortar sin hacerle daño. Pero no quiere hacerme caso. Sigue diciendo que me quiere, que soy yo o ninguna. Incluso así, le he dicho que no quiero tener niños, pero también se niega a aceptarlo. No me esta dejando otra opción excepto decirle que no puedo tenerlos —exclamó desesperada sin hacer caso del asombro de Peggy—. Y a Lucas le encantan los niños.

—Siempre he dicho que le encantaría tener suficientes como para montar un equipo de fútbol —dijo Peggy, tratando de contener las lágrimas.

A Megan le temblaban los labios.

—Bien, yo no podré dárselos. Ya sé que él lo aceptaría, pero yo no. ¡Ay, sería tan fácil dejarme convencer!

—¿Estás segura de que no puedes tener hijos? La medicina ha avanzado mucho.

—No lo entiendes. Te he dicho que no podía tener hijos. No es verdad, puedo, pero no quiero.

—Que tú...

—Padezco una enfermedad genética. Mi madre también la padecía, pero yo no lo supe hasta después de su muerte. Se transmite a través de la descendencia femenina, pero sólo resulta dañina con los varones. Es mortal. Cuando lo supe...

Megan tragó saliva para dominarse.

—Ya te puedes imaginar lo que es enterarte de que condenarías a tus hijos al mismo horror que tú temes.

Saber que tus hijas sufrirán tus mismas agonías, que tendrán que ver morir a sus niños varones antes de que hayan llegado a la adolescencia. No podría hacerlo. Por mucho que quisiera tener hijos, no puedo. No puedo hacerles esto y hacérmelo a mí. Cree que juego a ser Dios, si quieres, pero no me arrepiento de mi decisión. No tendré hijos. No sembraré miseria donde sólo debe haber amor.

—¡Dios mío! —gimió Peggy.

Megan se secó las lágrimas.

—Fue fácil decidir que tampoco me casaría. Quería evitarme el dolor de anhelar lo que no puedo tener. Pero me he enamorado como una idiota. Entonces, esta misma mañana, Lucas me ha dicho que me quería... Duele. Peggy, es insoportable saber que no puedo darle lo que él más desea. Y sé que si me convence para que me case con él será peor. No quiero su compasión. Tienes que convencerle de que me olvide.

Junto a ella, Peggy también se secaba las lágrimas. Al mirar hacia la casa, vio que Lucas las contemplaba pálido. Peggy se acercó a él y le tomó las manos.

—¡Lo has oído? ¡Ay Lucas! ¡Qué cosa tan horrible!

Lucas le acarició la mejilla.

—Llévate a Annie adentro.

Despacio, Lucas se acercó a la tumbona donde Megan descansaba con los ojos cerrados, se sentó en ella y la tomó entre sus brazos. Ella se puso rígida al instante, reconociendo su olor. Abrió los ojos sintiendo que la habían traicionado.

—¡No! —gritó luchando para que la soltara.

—No luches conmigo —dijo él con una voz ahogada por el llanto—. Si me quieres, no luches más conmigo.

Megan se quedó inmóvil, incluso le costaba trabajo respirar. Lucas lo sabía todo y ella no tenía ningún lugar donde esconderse.

—¡Ay, Pelirroja! ¿Cómo demonios has podido pensar

que yo iba a tenerte lástima? Si para mí eres la mujer más valiente de este mundo.

—¡No puedes creer eso!

—Vas a tener que quitarte esa costumbre de discutir conmigo, cariño. Lo creo y es verdad. Eres valiente y orgullosa y testaruda como una mula. Porque sólo a una cabezota se le ocurriría pensar que yo sería capaz de casarme con una mujer que no quiero para que me dé hijos. ¿No te das cuenta, cariño? Si no puedo tenerte a ti, no quiero nada de lo demás. Hablando egoístamente, prefiero quedarme sin hijos que sin ti.

—¿Cómo puedes decir eso? —dijo ella con los ojos anegados por el llanto.

—Porque te quiero.

Lucas la besó y, cuando se separó de ella, el llanto había cesado. Pero Megan tenía una expresión tan indefensa, que fue él quien estuvo a punto de echarse a llorar.

—No he dejado de decirte que como más me hieres es no confiando en mí.

—No es que no confíe en ti, Lucas. Te quiero demasiado. Por mucho que digas, sé que quieres tener niños.

—Que no puedas tener niños es una pena, pero tampoco es el fin del mundo, Megan. Nos tendremos el uno al otro, si es que aceptas casarte conmigo.

—¿Será suficiente para ti? —preguntó ella.

—Yo te lo diré de otra manera, ¿será suficiente para ti?

Megan nunca lo había pensado de esa forma. Había querido que él fuera feliz, nunca se había preguntado si ella podría serlo con Lucas.

—¡Oh! —dijo al final.

Lucas se echó a reír a carcajadas.

—¿Por qué será que nunca consigo que me respondas lo que yo espero?

—Porque siempre te llevo la contraria. Tendrás que ir acostumbrándote —dijo ella acariciándole.

Lucas le agarró la mano y se la llevó a los labios para besarla.

—¿De cuánto tiempo dispongo?

Megan sintió que se le abría el corazón, había abierto las puertas a la luz y a la esperanza. Quizá hubiera un futuro para ellos después de todo.

—¿Qué te parece para siempre? —dijo ella y ver el brillo de sus ojos azules fue toda la respuesta que necesitó.

—A mí me parece bien. ¿Significa eso que vas a casarte conmigo?

—¡Claro que sí! Aunque no debería. Me acabo de dar cuenta de que me has tendido una trampa.

—¿Y qué iba a hacer si no me dejabas otra alternativa? Menos mal que Peggy estuvo dispuesta a ayudarme. Yo sabía que necesitabas hablar con alguien, ojalá me lo hubieras contado antes.

—Yo no sabía que te amaba y tenía miedo de inspirar lástima. Me habría llevado el secreto a la tumba de no haber sido por tu juego sucio.

—Pelirroja, pase lo que pase, quiero que sepas que siempre estaré a tu lado. Te quiero mucho, tu felicidad lo es todo para mí. No vuelvas a ocultarme nada.

—No lo haré, te lo prometo.

—Me vuelves loco. ¡Sólo Dios sabe en qué lío me estoy metiendo!

—¿Tienes miedo? —preguntó ella riendo.

Lucas hizo que se tumbara y se colocó sobre ella.

—¡Demonios, no! Pase lo que pase, seguro que será bueno.

Megan sonrió mientras la besaba. Le gustaba cómo sonaba aquello, le gustaba mucho.

Epílogo

MEGAN levantó la vista del barco de papel que estaba haciendo cuando oyó llegar el coche. Su corazón vibró de alegría y una sonrisa curvó sus labios. Contempló a su hijo y a su hija que chapoteaban en la piscina hinchable.

—¡Es papá! —gritó la niña.

Inmediatamente, dejaron de salpicarse y, con chillidos de deleite, dejaron el agua por el placer mayor de correr a saludar a su padre.

Megan rió viéndoles andar, vaticinando que Lucas acabaría empapado, pero sabiendo que no le importaría. ¡Le encantaba ponerse perdido tanto como a los críos! Una mano en su pierna hizo que bajara la cabeza y le diera al pequeño el barco que había confeccionado.

—James, lo siento. Me había olvidado de ti. Aquí tienes, cariño. ¿A que es un barco precioso? ¿Quieres que se lo enseñemos a papá?

—Pa, pa, pa —balbuceó James.

Megan lo interpretó como una afirmación. Lo tomó en brazos, se lo aseguró contra la cadera y fue a reunirse con Lucas y los niños.

Tal como sospechaba, no había pasado del césped de la vieja casa a la que se habían mudado después de casarse. El maletín, la chaqueta y la corbata, señalaban por dónde había pasado. Él estaba sobre la hierba, haciéndole cosquillas a una Amy que reía con toda la energía de sus cinco años, mientras que Jonathan, de cuatro, se subía a su espalda con el entusiasmo de un jinete de rodeo.

Con el corazón henchido de alegría, contempló cómo Lucas se derrumbaba mientras aquellos diablillos se echaban sobre él. Megan nunca había soñado que pudiera ser tan feliz y todo se lo debía a Lucas. Había sido él el que sugirió la adopción, diciendo que quizá no pudieran tener hijos propios, pero el mundo estaba lleno de niños que esperaban a que alguien les entregara su cariño. No necesitó esforzarse mucho para convencerla. Liberada de sus pesadillas, había comprendido que no tenían por qué vivir sin la alegría de los hijos. Había otros medios, medios legítimos, de tener la familia que ambos deseaban.

Y así habían llegado Amy y Jonathan. Los hermanos huérfanos le habían robado el corazón a Megan desde el primer momento. El amor que Lucas y ella les habían dado durante aquellos dos años, les habían hecho florecer hasta convertirse en una pareja bulliciosa que no habían tenido dificultades en aceptar la llegada del pequeño James, a quien habían adoptado seis meses antes. Eran una familia satisfecha y feliz, algo de lo que Megan nunca había soñado formar parte.

Al ver los tirones de pelo que le estaban dando a su marido. Megan hizo una mueca y acudió a su rescate. Unos ojos azules, vibrantes de alegría, la miraron mientras él se arrodillaba entre las risas gorjeantes de los pequeños.

—¿Sabes que te quiero mucho, Lucas Canfield? —preguntó ella con una sonrisa.

—¿Lo bastante como para rescatarme? —dijo él sin aliento, pero levantando una mano para revolverle el pelo a James.

—No necesitas que nadie te rescate, eres peor que ellos.

Entonces Lucas le tiró de la camiseta para que cayera sobre la hierba.

—También te quiero, Megan Canfield —dijo él junto a su boca.

—Será mejor que no miréis. Papá va a besar a mamá —dijo Amy a sus hermanos.

Y mientras los críos reían, Lucas la besó.

—¿Contenta? —preguntó unos segundos más tarde mientras tomaba a James en brazos.

—Muy contenta.

Amy buscó el regazo de su madre mientras Jonathan trataba de silbar con una hoja de hierba. Megan era consciente de que todo lo que había deseado siempre estaba allí. Más tarde, cuando los niños estuvieran en la cama y ellos se quedaran solos al fin, Megan se aseguraría de demostrarle lo mucho que lo querría ahora y siempre.

Raine se había enamorado de Nick Marlowe
sin saber que no era un hombre libre. Pero su breve aventura sólo fue un pasatiempo para él y la experiencia le
enseñó a Raine una valiosa lección: la pasión era mortal.
Ahora iba a casarse con otro hombre...
Para una mujer que había sufrido, Kevin
Somersby era el hombre perfecto. No era apasionado,
pero sí seguro. Y de pronto, semanas antes de la boda,
Nick Marlowe volvió a su vida. ¡Y
esa vez sin ningún com-
promiso!

Chantaje

Lee Wilkinson

PIDELO EN TU QUIOSCO

Bianca®...
la seducción y fascinación del romance
No te pierdas estos libros Bianca de Harlequin®
Ahora puedes recibir un descuento pidiendo dos o más títulos.

HB#33363	PARAÍSO PERDIDO de Robyn Donald	$3.50	☐
HB#33364	TURBIO DESCUBRIMIENTO de Laura Marton	$3.50	☐
HB#33365	DECISIÓN ARRIESGADA de Robyn Donald	$3.50	☐
HB#33366	JUEGO DE MENTIRAS de Sally Carr	$3.50	☐
HB#33369	VIEJOS SUEÑOS de Susan Napier	$3.50	☐
HB#33370	DESPUÉS DE TANTO TIEMPO de Vanessa Grant	$3.50	☐

(cantidades disponibles limitadas en algunos títulos)

CANTIDAD TOTAL	$_____
DESCUENTO: 10% PARA 2 O MÁS TÍTULOS	$_____
GASTOS DE CORREOS Y MANIPULACION (1$ por 1 libro, 50 centavos por cada libro adicional)	$_____
IMPUESTOS*	$_____
TOTAL A PAGAR (Cheque o money order—rogamos no enviar dinero en efectivo)	$_____

Para hacer el pedido, rellene y envie este impreso con su nombre, dirección y zip code junto con un cheque o money order por el importe total arriba mencionado, a nombre de Harlequin Bianca, 3010 Walden Avenue, P.O. Box 9077, Buffalo, NY 14269-9047.

Nombre: _____

Dirección: _____ Ciudad: _____

Estado: _____ Zip code: _____

Nº de cuenta (si fuera necesario): _____

*Los residentes en Nueva York deben añadir los impuestos locales.

Harlequin Bianca®

CBBIA1